나의

작은
나라

나의

PETIT PAYS

작은
나라

가엘 파유 장편소설
김희진 옮김

이 책은 실로 꿰매어 제본하는 정통적인 사철 방식으로 만들어졌습니다.
사철 방식으로 제본된 책은 오랫동안 보관해도 손상되지 않습니다.

자클린에게

프롤로그

이 이야기의 시작이 어디부터인지 나는 정말 모르겠다.

어느 날 트럭 안에서 아빠가 전부 설명해 주신 적이 있기는 하다.

「그러니까, 부룬디도 르완다랑 똑같아. 사람들은 세 무리로 나뉘는데, 그걸 민족이라고 하지. 후투족은 제일 수가 많은데 키가 작고 코가 크단다.」

「도나시앵처럼요?」 나는 물었다.

「아니, 도나시앵은 자이르¹ 사람이니까 경우가 달라. 예를 들면 우리 집 요리사 프로테가 후투족이지. 그리고 피그미인 트와족이 있어. 트와족 얘기는 넘어가자, 그들은 수도 얼마 안 되고 별 관련이 없으니까. 그리고 너희 엄마

---

1 콩고 민주 공화국의 옛 이름으로, 1971년부터 1997년까지 사용되었다. 이하 〈원주〉라고 표시하지 않은 모든 주는 옮긴이 주이다.

같은 투치족이 있지. 투치족은 후투족보다 수가 훨씬 적은데, 키가 크고 늘씬하고 콧방울이 좁고 무슨 생각을 하는지 알 길이 없어. 가브리엘, 너.」아빠는 나를 가리키며 말했다.「너야말로 진짜 투치족이야. 도통 무슨 생각을 하는지 알 수 없으니까.」

그거라면 나 스스로도 내가 무슨 생각인지 모르기는 마찬가지였다. 아무튼, 그런 얘기들을 듣고 무슨 생각을 하겠는가? 그래서 나는 물었다.

「투치족과 후투족의 전쟁 말인데요, 그건 서로 영토가 달라서 싸우는 거예요?」

「아니, 그건 아냐. 같은 나라에 살거든.」

「그럼…… 언어가 서로 달라요?」

「아니, 같은 언어를 쓰지.」

「그럼 서로 다른 신을 섬기나요?」

「아니, 같은 신을 섬겨.」

「그럼…… 왜 싸우는 거예요?」

「코 모양이 다르기 때문이지.」

이야기는 거기서 끝났다. 하지만 아무래도 이상한 일이 있었다. 내 생각엔 아빠도 아주 잘 알지는 못했던 것 같다. 그날부터 나는 거리에서 사람들의 코 모양과 키를 보기 시작했다. 시내에서 쇼핑할 때면 동생 아나와 나는 누가 후투족인지 투치족인지 남몰래 알아맞혀 보려고 했다. 우리는 소곤거렸다.

「저기 흰 바지 입은 사람은 후투족이야, 키가 작고 콧방울이 크니까.」

「맞아, 그리고 저기 모자 쓴 사람은 키가 엄청 크고 비쩍 말랐고 콧방울이 좁으니까 투치족이야.」

「그리고 저기 줄무늬 바지 입은 사람은 후투족이야.」

「아니야, 잘 봐. 키가 크고 말랐잖아.」

「그래, 그렇지만 코가 크잖아!」

우리가 민족 이야기를 의심하기 시작한 건 그때부터였다. 게다가 아빠는 우리가 그 이야기를 하는 걸 좋아하지 않았다. 아빠는 아이들은 정치에 끼어들어선 안 된다고 여겼다. 하지만 그러지 않을 도리가 없었다. 날마다 이상한 분위기가 짙어졌다. 학교에서조차 친구들이 걸핏하면 서로 후투족이니 투치족이니 하며 말다툼하기 시작했다. 「시라노 드베르주라크」 영화를 보는 동안 어떤 애가 이런 말을 하기까지 했다. 「봐, 시라노는 투치족이야. 코가 저렇게 생겼잖아.」 기온이 달라졌다. 코 모양이 어떻든, 우리는 그걸 느낄 수 있었다.

귀향 생각이 나를 사로잡는다. 내가 그곳을 떠올리지 않는 날은 하루도 없다. 스쳐 가는 소리 하나, 맴도는 냄새, 오후의 빛, 몸짓 하나, 때로는 정적조차 어린 시절의 추억을 불러일으키기에 충분하다. 「가봐야 아무것도 없을 거야, 망령들과 폐허 더미뿐.」 아나는 줄곧 그렇게 말하고, 그 〈저주받은 나라〉 이야기를 더 듣고 싶어 하지 않는다. 나는 그 애의 말에 귀 기울인다. 그 애의 말을 믿는다. 아나는 늘 나보다 명석했다. 그리고 그 생각을 머릿속에서 떨쳐 낸다. 다시는 돌아가지 않겠다고 이번에야말로 결심한다. 내 인생은 여기 있다. 프랑스에.

　나는 더 이상 어디에도 살지 않는다. 산다는 것은 한 장소의 지형에, 환경의 굴곡진 윤곽에 육체적으로 녹아든다는 뜻이다. 여기선 전혀 그렇지 않다. 나는 다만 지나갈 뿐이다. 나는 머문다. 거주한다. 점유한다. 내가 있는 도시는 베드타운이며 생활하기에 편리하다. 내가 있는 아파트에서는 갓 칠한 페인트와 새 리놀륨 냄새가 난다. 이웃들은 완벽히 낯선 이들이고, 계단통에서 마주치면 친절하게 서로 비켜 지나간다.

나는 파리 근교에서 생활하고 일한다. 생캉탱앙이블린. 수도권 고속 전철 C호선. 신도시, 마치 과거 없는 인생 같은. 흔히 하는 말처럼 녹아 들기까지는 여러 해가 걸렸다. 안정적인 직업을, 집을 구하고 취미를 만 들고 친구를 사귀는 것.

나는 인터넷 만남을 좋아한다. 하룻밤 혹은 몇 주 동안의 연애. 내가 데이트하는 사람들은 다들 각양각색이고 저마다 누구 못지않게 아름답 다. 나는 그들이 하는 자기 이야기를 듣고 머리칼의 향기를 맡는 데 도 취해 있다가 그들의 부드러운 팔, 다리, 육체에 푹 빠져든다. 그들은 누 구 하나 빠지지 않고 나를 아프게 찌르는 똑같은 질문을, 그것도 항상 첫 만남에서 던진다. 〈넌 출신이 어떻게 돼?〉 평범한 질문. 상투적인. 관계에 더 깊이 들어가기 위해 반쯤 필수적으로 거치는 관문. 캐러멜색 인 내 피부는 종종 혈통을 밝히라는 입증 명령을 받는다. 〈인간이지.〉 내 대답에 그들은 짜증을 낸다. 그렇지만 난 도발하려는 게 아니다. 학 자나 철학자인 척하려는 것도 아니다. 키가 망고 세 개 쌓은 높이만 했 을 때부터 나는 이미 결코 자신을 규정하지 않겠다고 결심했다.

저녁 시간이 이어진다. 기술은 순조로이 발휘된다. 그들은 말한다. 그 들은 내가 귀 기울여 듣는 걸 좋아한다. 나는 젖어 든다. 나는 잠겨 든다. 도수가 강한 술에 푹 빠져 진실함을 내던진다. 나는 무시무시한 사냥꾼 이 된다. 그들을 웃게 한다. 그들을 유혹한다. 나는 재미 삼아 출신에 관한 질문 이야기를 다시 꺼낸다. 일부러 수수께끼를 유지한다. 우리는 고양이와 생쥐처럼 술래잡기를 한다. 나는 차가운 냉소를 담아 내 정체성의 무게는 시체들로 달아야 한다고 답한다. 그들은 대꾸하지 않는다. 그들은 가벼움을 원한다. 그들은 사슴 같은 눈으로 나를 본다. 나는 그들을 원한다. 때로 그들은 내게 몸을 맡긴다. 그들은 나를 독특한 존재로 여긴다. 나는 한동안 그들을 즐겁게 해줄 뿐이다.

귀향 생각이 나를 사로잡고, 나는 그 생각을 무한정, 매번 한층 멀리 밀쳐낸다. 파묻힌 진실들, 모국 문턱에 놓인 악몽들을 다시 마주한다는 공포. 20년 동안 나는 돌아간다. 밤에는 꿈에서, 낮에는 몽상 속에서, 가족과 친구들과 행복하게 살았던 그 동네, 그 골목으로. 어린 시절은 내게 어찌해야 좋을지 모를 흔적들을 남겼다. 기분이 좋을 때면 내 힘과 감수성은 거기서 솟아난다고 스스로에게 말한다. 텅 빈 술병의 바닥에 있을 때면, 내가 세상에 적응하지 못하는 이유가 거기 있다고 여긴다.

내 인생은 기나긴 배회 같다. 나는 모든 것에 관심이 끌린다. 아무것에도 열정적으로 매달리지 않는다. 내게는 집념의 짜릿함이 없다. 나는 한량 같은 족속, 물러 터진 인간이다. 이따금 스스로를 꼬집어 본다. 직장에서 동료들과 어울리는 내 모습을 관찰한다. 엘리베이터 거울에 비치는 녀석이 정말 나인가? 커피 머신 옆에서 억지로 웃음을 터뜨리는 이 사람이? 나 자신을 알아볼 수 없다. 너무 멀리서 왔기에 여기 있다는 것이 아직도 내게는 놀랍다. 동료들은 날씨와 텔레비전 프로그램 이야기를 한다. 내 귀엔 그들의 말이 더 이상 들리지 않는다. 숨 쉬기가 힘들다. 나는 셔츠 목깃을 느슨하게 푼다. 내 몸은 칭칭 감싸여 있다. 나는 번쩍이는 내 구두를 바라보고, 구두는 광을 내며 기만적인 내 모습을 비춘다. 내 발은 어떻게 되었지? 발은 숨어 있다. 내 발이 탁 트인 야외를 산책하는 모습을 그 이후로 한 번도 보지 못했다. 창가로 다가간다. 하늘엔 구름이 끼어 있다. 회색빛의 눅눅한 이슬비가 내리고, 상업 지구와 철도 사이에 낀 작은 공원에 망고나무라곤 한 그루도 없다.

그날 밤 퇴근하면서 나는 역 맞은편에 있는, 처음 눈에 띈 술집으로 급히 뛰어 들어간다. 미니 축구대 앞에 앉아 내 서른세 살 생일 기념으로 위스키 한 잔을 주문한다. 아나의 휴대 전화로 전화를 걸지만 받지 않는다. 나는 끈질기게 시도한다. 거듭해서 아나의 번호를 누른다. 마침내 아나가 런던에 출장 가 있다는 사실을 떠올린다. 나는 그 애에게 말하고 싶다. 오늘 아침에 받은 전화 이야기를 하고 싶다. 그건 운명의 신호가 틀림없다. 나는 그곳에 돌아가야 한다. 그저 확실히 알아 두기 위해서라도. 나를 괴롭히는 그 일 전부를 이번에야말로 마무리 짓는 거다. 등 뒤로 문을 영원히 닫아 버리는 거다. 나는 위스키를 한 잔 더 주문한다. 바 위쪽 텔레비전에서 나오는 소리가 잠시 내 생각의 흐름을 가린다. 뉴스 채널에서 줄곧 전쟁을 피해 망명하는 사람들의 영상이 나온다. 나는 그들이 탄 조잡한 소형 보트가 유럽 땅에 접근하는 모습을 바라본다. 보트에서 내리는 아이들은 추위에 얼어붙고 굶주렸으며 탈수 상태다. 그들은 세상의 광기의 장에 목숨을 내건다. 나는 여기, 귀빈석에 편안히 자리 잡은 채 한 손에 위스키를 들고 그들을 바라본다. 여론은 그들이 엘도라도를 찾아 지옥에서 달아났다고 생각할 것이다. 허튼소리! 그들 안에 있는 나라에 관해서는 아무런 이야기도 없을 것이다. 시는 뉴스가 아니다. 그러나 시야말로 인간이 지상에 머물렀다 떠나면서 간직할 유일한 것이다. 나는 영상에서 눈을 돌린다. 영상들은 사실을 말하지만, 진실은 아니다. 그 아이들이 어쩌면, 언젠가, 진실을 쓰리라. 나는 겨울날 텅 빈 고속도로 휴게소처럼 슬픈 기분이다. 매년 똑같이, 생일이면 깊은 우울함이 열대의 비처럼 나를 덮친다. 아빠, 엄마, 친구들, 정원 한복판에 배를 가른 악어를 두고 열렸던 영원한 파티를 다시 생각할 때면…….

1

부모님이 헤어진 진짜 이유를 나는 결코 알 수 없을 것이다. 하지만 처음부터 깊은 오해가 있었던 게 분명하다. 두 사람의 만남에 있었던 제조상 결함, 아무도 보지 못한, 혹은 보려 하지 않았던 별 모양 표시. 예전에 부모님은 젊고 아름다웠다. 가슴은 독립의 태양처럼 희망에 벅찼다. 볼만한 광경이었다! 결혼식 날, 아빠는 엄마 손가락에 반지를 끼웠다는 사실이 믿기지 않았다. 물론 아빠도 꽤 매력적이었고 선명한 초록색 눈동자, 금발이 중간중간 섞인 밝은 갈색 머리칼에 바이킹 같은 체격이었다. 하지만 엄마의 발목에는 비할 바가 아니었다. 엄마의 발목은 정말 대단했다! 발목에서 시작되어 늘씬하게 뻗은 긴 다리를 보면 여자들의 눈빛에는 소총이 장전되고 남자들의 눈은 반쯤 열린 블라인드처럼 게슴츠레해졌다. 아빠는 쥐라 지역 출신의 평범한 프랑스인이었고 대체 복무를 수행하러 우연히 아프리카에 왔는데, 아빠의 고향 마을은 부룬디의 풍경이라고 착각할 만큼 쏙 빼닮은 산속에 있었지만 거기에 엄마 같은 외모의 사람들은 없었다. 담수 속 하늘하늘한 윤곽의 갈대 같고, 흑단 같은 피부에 키가 껑충하게 크고 눈은 안콜레 소를 닮은 호리호리한 미인들 말이다. 들을 만한 소리였다! 결혼식 날, 조율이 엉망인 기타들에서 느긋한 룸바 춤곡이 흘러나왔고 별이 가득한 하늘 아래 행복이 휘파람으로 차차차 가락을 불었다. 더 볼 것도 없었다! 이제부터 남은 일은 사랑하고, 살고, 웃고, 존재하는 것뿐이었다! 언제나 곧장, 멈추지 않고, 길이 끝날 때까지, 그리고 거기서 조금 더 멀리까지도.

하지만 부모님은 어찌할 바 모르는 청춘이다가 갑자기 책임감 있는 어른이 되라는 명을 받았다. 사춘기에서, 호르몬에서, 밤샘 파티에서 갓 벗어난 참이었는데 벌써 병나발 분 빈 병 잔해를 치우고, 재떨이 속 마리화나 꽁초를 비우고, 사이키델릭 록 레코드판을 케이스에 집어넣고, 나팔바지와 인도풍 셔츠를 개켜야 했다. 종이 울렸다. 아이들, 세금, 의무, 걱정거리가 너무 이르게 너무 빨리 찾아왔고 그와 더불어 의심과 고속도로 강도단, 독재자들과 쿠데타,

구조 조정 프로그램, 이념의 포기, 일어나기 괴로운 아침, 날이 갈수록 꾸물대며 늦게 뜨는 해도 따라왔다. 현실이 닥쳤다. 고되게. 가혹하게. 처음의 느긋함은 무정하게 똑딱이는 시계추처럼 폭군 같은 리듬으로 바뀌었다. 본성은 부메랑이 되었고 부모님은 그 부메랑을 정면으로 맞아 자신들이 욕망과 사랑을 혼동했음을, 상대의 장점은 자기가 만들어 낸 것이었음을 깨달았다. 그들은 꿈을 공유하지 않았고 오직 환상뿐이었다. 꿈은 그들 각자에게, 자신에게만, 자기중심적으로 있었고 그들은 상대의 기대를 충족해 줄 마음이 없었다.

하지만 그 전, 그 모든 일 전, 내가 하려는 이야기와 그 밖의 일들 이전은 행복이었고, 스스로에게 행복이라고 설명하지 않는 삶이었다. 삶은 평소 그대로, 전에 늘 그랬던 대로, 앞으로도 그대로이길 바라는 대로였다. 평온하고 달콤한 잠, 귓전에 맴도는 모기 없는, 내 머리를 양철판처럼 두드려 대게 된 빗발치는 질문들 없는 잠. 행복했던 시절, 누가 내게 〈잘 지내?〉 물으면 나는 언제나 〈잘 지내지!〉 하고 대답했다. 단박에. 행복이란 건 깊이 생각할 일이 없다. 내가 질문에 곰곰이 생각하기 시작한 건 나중 일이다. 좋은 점과 나쁜 점을 헤아리게 된 것도. 슬쩍 회피하고 가벼운 고갯짓으로 대꾸하게 된 것도. 한편 나라 전체가 그렇게 되어 가고 있었다. 사람들은 이제 〈그저 그렇지〉라는 말로만 대답했다. 우리에게 일어난 모든 일 이후 삶은 더 이상 완벽히 좋을 수만은 없었기 때문이다.

2

　행복의 끝의 시작, 내 생각에 그건 성 니콜라오 축일이었던 그날, 자이르 부카부에 있는 자크 씨네 넓은 테라스에서였던 것 같다. 우리는 한 달에 한 번 자크 노인을 방문했고 그건 습관이 되었다. 그날, 엄마는 아빠와 별로 말을 하지 않은 지 몇 주 되었지만 그래도 함께 갔다. 출발 전 우리는 환전하려고 은행에 들렀다. 은행을 나서면서 아빠가 말했다. 「우린 백만장자로구나!」 모부투가 집권하는 자이르에서는 화폐 가치가 하도 저하되어 물 한 병을 사려면 5백만 자이르가 있어야 했다.

　국경 검문소를 지나면 딴 세상이 펼쳐졌다. 부룬디의 조심스러움이 사라지고 대신 자이르의 소란스러움이 찾아왔다. 부산스러운 군중 속에서 사람들은 가축 장터에서처럼 어울리고 서로 부르고 욕설을 퍼부었다. 시끄럽고 꾀죄죄

한 사내애들이 백미러와 와이퍼, 고인 물웅덩이에서 튄 자국으로 더러워진 타이어 휠을 곁눈질하고, 꼬치에 꿴 염소고기가 지폐 여러 수레 가격을 호가하고, 줄지어 선 화물트럭과 서로 바싹 붙어 늘어서서 굵은소금에 절인 삶은 달걀과 봉지에 든 양념땅콩을 파는 무허가 노점 차량 틈을 미혼모들이 이리저리 누비고, 소아마비로 다리가 뒤틀린 걸인들이 베를린 장벽의 붕괴로 일어난 애석한 참상을 버티게 해달라며 몇백만 자이르를 구걸하고, 목사 한 사람이 덜컹대는 메르세데스 차 보닛 위에 서서 한 손에 로열비단뱀 가죽으로 장정된 스와힐리어 『성경』을 들고 종말이 임박했음을 목청껏 부르짖었다. 녹슨 초소에서는 군인 하나가 반쯤 졸며 건성으로 파리채를 흔들고 있었다. 봉급을 받지 못한 지 한참인 관리는 더운 공기에 뒤섞인 경유 냄새 때문에 목구멍이 말라붙었다. 도로에서는 오래된 노면 홈이 있던 자리에 생긴 거대한 구멍들 때문에 차들이 혹사당했다. 하지만 세관원은 전혀 아랑곳하지 않고 차 한 대한 대를 꼼꼼히 점검하며 타이어 부착 상태, 엔진의 냉각수 수위, 깜빡이 정상 작동 여부를 확인했다. 차에서 기대하던 결함이 하나도 나오지 않으면 세관원은 입국에 필요하다며 세례 증서나 첫영성체 증서를 요구했다.

그날 오후, 싸우기도 지친 나머지 아빠는 결국 그 모든 우스꽝스러운 절차가 요구하는 뇌물을 건넸다. 마침내 차단기가 열리고 우리는 도로변 온천에서 피어오르는 김 속에 길을 계속 나아갔다.

작은 도시 우비라에서 부카부로 향하던 중 우리는 간이 식당에 들러 바나나튀김과 원뿔 모양 봉투에 든 흰개미튀김을 샀다. 싸구려 식당들의 진열창에는 각양각색 광고판이 걸려 있었다. 〈오 푸케 데 샹젤리제〉, 〈스낵바 지스카르 데스탱〉, 〈레스토랑 페트 콤 셰 부〉. 아빠가 그 광고들을 사진에 담아 지역 주민들의 창의력을 기념하려고 폴라로이드 카메라를 꺼내자, 엄마는 쯧 소리를 내며 백인들을 위한 이국풍 장식에 감탄한다고 아빠에게 핀잔을 주었다.

닭과 오리와 아이 들을 수없이 칠 뻔한 끝에 우리는 부카부에 도착했는데, 그곳은 키부호(湖) 호숫가에 있는 에덴동산 같은 곳, 과거 미래파였던 도시의 아르데코 유적이었다. 자크 씨네 집에는 식탁이 차려져 우리를 맞이할 준비가 되어 있었다. 그는 몸바사에서 신선한 왕새우를 주문해 두었다.

아빠는 뛸 듯이 기뻐했다.

「근사한 굴 요리만은 못하지만 가끔은 좋은 걸 먹는 게 좋죠!」

「뭐가 불만이야, 미셸? 집에선 제대로 못 먹는다는 거야?」 엄마가 다정함이라곤 깃들지 않은 투로 말했다.

「그렇고말고! 그 멍청한 프로테가 점심때마다 아프리카식 탄수화물 음식만 먹이잖아. 소고기 등심살을 제대로 구울 줄이라도 알았으면!」

「말도 말게, 미셸!」 자크 씨가 말을 받았다. 「우리 집 요리하는 못난이는 기생충을 죽인다는 핑계로 뭐든 바싹 굽지 뭔가. 피가 배어나는 맛있는 스테이크가 어땠는지 기억조차 안 나. 빨리 브뤼셀로 돌아가 아메바를 섭취하고 싶어 미치겠다네!」

다들 웃음을 터뜨렸다. 아나와 나만 식탁 끝에 조용히 앉아 있었다. 나는 열 살, 아나는 일곱 살이었다. 자크 씨의 유머를 이해하지 못했던 건 아마 그래서였을 것이다. 어쨌거나 우리에겐 묻는 말에 대답할 때를 빼고는 입을 열어선 안 된다는 금지령이 내려져 있었다. 그건 남의 집에 초대받았을 때의 황금률이었다. 아빠는 아이들이 어른들 대화에 끼어드는 걸 못 견뎠다. 특히 자크 씨네서는 더했다. 아빠에게 자크는 또 한 사람의 아버지나 다름없었고 본보기여서, 깨닫지 못하는 새 아빠는 자크 씨의 말투, 몸짓, 목소

24

리, 억양까지도 그대로 익혔다. 「내게 아프리카를 알려 준 게 그분이야!」 아빠는 종종 엄마한테 말했다.

자크 씨는 바람을 막기 위해 식탁 아래로 몸을 숙이고 사슴 두 마리가 새겨진 은제 지포 라이터로 담뱃불을 붙였다. 그러고는 몸을 일으켰고, 콧구멍에서 소용돌이치는 연기 몇 줄기가 솟아났고, 잠시 그는 키부호를 바라보았다. 그의 집 테라스에서는 저 멀리 염주처럼 이어진 작은 섬들이 흐릿하게 눈에 들어왔다. 그리고 그 너머, 맞은편 호숫가에 르완다의 치앙구구시(市)가 보였다. 엄마의 눈은 그 너머에 못 박혀 있었다. 우리가 자크 씨네 집에서 식사할 때마다 엄마에겐 무거운 생각들이 떠오르는 게 분명했다. 르완다, 1963년 학살이 벌어진 어느 밤에 가족이 살던 집을 불태우는 불길의 빛 속에서 떠나온 엄마의 모국, 네 살 이후 한 번도 돌아가지 못한 그 나라가 거기, 몇백 길 남짓한 곳, 손을 뻗으면 닿을 듯한 곳에 있었다.

자크 씨네 정원은 가지치기 칼을 골프 스윙 하듯 시계추처럼 크게 휘두르는 나이 든 정원사의 손에 풀이 말끔히 깎여 있었다. 우리 앞에서 금속 같은 광채가 도는 초록색 벌새들이 분주히 빨간 히비스커스의 꿀을 모으며 화려한 발레를 선보였다. 관머리두루미 한 쌍이 레몬나무와 구아버나무의 그늘을 거닐었다. 자크 씨네 정원은 생명이 들끓고 색채가 폭발하고 향긋한 레몬 향이 풍겼다. 늦궤 숲에서 난 희귀한 목재와 니라공고 화산에서 온 검은 다공질 돌이 혼합된 그의 집은 스위스의 샬레를 닮았다.

자크 씨는 식탁 위의 종을 울렸고 곧 요리사가 왔다. 요리사 모자를 쓰고 흰 앞치마를 두른 그의 옷차림은 여기저기 갈라진 맨발과 어울리지 않았다.

「프리무스 맥주 세 병 더 가져오고 이 난장판 좀 치워!」 자크 씨가 시켰다.

「잘 지냈어요, 에바리스트?」 엄마가 요리사에게 물었다.

「하느님 덕분에 그럭저럭 지내요, 부인!」

「하느님은 그냥 내버려 두지 그래!」 자크 씨가 쏘아붙였다. 「잘 지내는 건 자이르에 아직도 백인이 몇 명 남아 가게를 돌아가게 하는 덕이지. 내가 아니었으면 넌 네 종족 다른 자들처럼 구걸이나 할걸!」

「제가 말한 하느님은 주인어른을 뜻하는 거랍니다!」 요리사가 짓궂게 받아쳤다.

「헛소리 집어치워, 못난이!」

둘 다 웃기 시작했고 자크 씨는 말을 계속했다.

「내 옆에 여자가 사흘 이상 붙어 있던 적이 없는데 내가 이 침팬지를 짊어진 지 35년이 되었다니!」

「저랑 결혼하셨어야죠, 주인어른!」

「Funga kinwa(시끄러워)! 말도 안 되는 소리 그만하고 가서 맥주나 가져와!」자크 씨가 다시 한번 웃음을 터뜨리며 말했는데 목구멍에서 꺽 소리를 내는 바람에 나는 왕새우를 토하고 싶어졌다.

요리사는 종교적인 노랫가락을 흥얼거리며 돌아갔다. 자크 씨는 머리글자가 수놓인 손수건에 대고 힘차게 헛기침하더니, 담배를 도로 집어 들고 윤나는 마룻장에 재를 좀 떨어뜨리고는 아빠를 보고 말했다.

「지난번 벨기에에 갔을 때 의사들이 담배를 끊으라고, 안 그러면 죽는다고 했지. 난 여기서 별꼴을 다 겪었어. 전쟁, 약탈, 궁핍, 보브 드나르[2]와 콜웨지,[3] 30년간의 〈자이르화〉[4]라는 헛소리, 그런데 담배 때문에 끝장이라니! 맙소사!」

2 프랑스의 군인이자 용병. 콩고 위기(1960~1965) 때 벨기에로부터 카탕가주의 독립을 선언한 모이즈 촘베에게 고용되어 용병으로 활동했다.
3 콩고 민주 공화국(당시 자이르) 남부의 도시. 1978년 앙골라의 지원을 받은 콩고 민족 해방 전선 반군과 프랑스, 벨기에, 모로코의 지원을 받은 정부군이 전투를 벌였다.
4 모부투 정권이 1960년대 말부터 펼친 정책으로 인명, 지명, 복장 등에서 유럽의 영향력을 없애고 아프리카적 정통성을 되찾는다는 것이 목적이었다. 그 일환으로 1971년 콩고라는 국명을 자이르 공화국으로 변경했다.

그의 손과 벗어진 머리에서 여기저기 노화의 흔적이 보였다. 반바지 차림의 그를 보는 건 처음이었다. 민숭민숭하고 뽀얀 다리는 볕에 그은 팔뚝이나 햇볕에 탄 얼굴과 대조되었다. 그의 몸은 잡다한 조각들을 모아 붙인 작품 같았다.

「의사들 말이 맞을지도 모르죠, 좀 줄여야 해요.」엄마가 걱정스럽게 말했다.「하루에 세 갑은 너무 많아요, 자크 씨.」

「자네마저 그러지 말게.」자크 씨는 엄마가 그 자리에 없다는 듯 여전히 아빠를 향해 말했다.「우리 아버지는 줄담배를 피우셨지만 95세까지 사셨어. 그리고 우리 아버지가 어떤 인생을 사셨는지는 말해야 입만 아프지. 레오폴드 2세 시절의 콩고는 지금하곤 천양지차였어! 아버지는 아주 강골이셨지! 카발로-칼레미 철도를 건설한 게 우리 아버지야. 그야 운행이 중단된 지 한참 된 철도지만 말이야, 이 망할 나라가 죄다 그렇듯이. 이 무슨 개판이야!」

「다 팔아 버리지 그러세요? 부줌부라에 와서 사세요. 거긴 살기 좋답니다.」누구보다 먼저 새로운 생각을 떠올렸을 때처럼 열정적으로 아빠가 말했다.「건설 현장도 많고 대량 입찰도 들어오죠. 지금은 돈이 몰려요!」

「다 팔라고? 말도 안 되는 소리! 우리 누나는 벨기에에 와서 살자고 쉴 새 없이 연락하지. 누나는 그래, 〈자크, 돌아오렴. 곱게 끝나지 않을 거야. 자이르인들 틈에 있으면 결과는 언제나 약탈과 백인 린치란 말이야〉. 내가 익셀의 아파트에 사는 게 상상이나 되나? 그쪽에 살아 본 적도 없는데 이 나이에 가서 뭘 하란 말이야? 처음 벨기에에 발을 들였을 때 난 스물다섯이었고 카탕가에서 공산주의자를 쫓다가 매복에 당해 배에 총알이 두 발 박힌 채였지. 수술대에 올라 봉합 수술을 받고 곧장 이리로 돌아왔어. 난 검둥이들보다 훨씬 더 자이르 사람이란 말이야. 난 여기서 태어났고 여기서 죽을 테야! 부줌부라, 몇 주 정도는 거기도 괜찮지. 계약 몇 건 하고, 유력한 브와나[5] 몇 명이랑 악수하고, 사람들 사는 거랑 옛날 친구들 한번 둘러보고 돌아오는 거야. 정말이지 부룬디 사람들은 사양이라니까. 자이르 사람들은 적어도 이해하기나 쉽지. 마타비시-바크시시,[6] 그거면 된다니까! 부룬디 사람들? 그치들이란! 그들은 오른손으로 왼쪽 귀를 긁는다니까…….」

「저도 끊임없이 미셸에게 그렇게 말해요.」 엄마가 말했다. 「저도 부룬디엔 더 있고 싶지 않아요.」

---

5 bwana. 스와힐리어에서 유래한 단어로, 주인, 높은 사람을 뜻한다.
6 matabish-bakchich. 두 단어 모두 뇌물, 팁을 뜻한다.

「당신은 경우가 다르지, 이본.」 아빠가 화가 나서 쏘아붙였다. 「당신은 파리에서 사는 게 꿈이지, 그건 당신 집착이야.」

「그래, 당신에게도 내게도 애들에게도 그러는 게 좋을 테니까. 부줌부라에서 우리 미래는 어떻게 되지? 당신은 알아? 이 별 볼 일 없는 소시민 생활 말고?」

「그만둬, 이본! 거기는 당신 나라잖아.」

「아니, 아니, 아니, 아니지……. 내 나라는 르완다야! 저기 건너편에, 당신 앞에 보이는 르완다라고. 난 난민이야, 미셸. 부룬디 사람들 눈에 난 늘 난민이었어. 그 사람들은 모욕으로, 암시로, 외국인 쿼터제로, 학교에서는 〈입학자 수 제한〉 제도로 그 점을 확실히 알려 줬어. 그러니 부룬디에 관해서는 나 좋을 대로 생각하게 놔둬!」

「내 말 들어 봐, 자기야.」 아빠는 달래려는 투로 말했다. 「주변을 둘러봐. 이 산들, 이 호수들, 이 자연. 우린 멋진 집들이 있는 동네에 살고, 집안일 돕는 사람들도 두고, 애들이 뛰어놀 공간이 있고, 기후도 좋고, 형편이 썩 괜찮아. 이이상 뭘 더 바라는 거야? 유럽에 가면 이런 호사는 절대 못누려. 정말이야! 당신이 상상하는 낙원과는 거리가 멀어. 20년 전에 내가 왜 여기서 인생의 터를 잡은 것 같아? 자크 씨가 왜 벨기에로 돌아가기보다 이 지역에 남고 싶어하는 것 같아? 여기서 우리는 특권층이야. 거기 가면 우린 아무것도 아니야. 왜 이해하려 하질 않는 거야?」

「당신은 주절주절 말만 하지만 난 여기서 눈에 보이는 것들의 이면을 알아. 당신에겐 언덕의 부드러운 곡선이 보이지만 난 여기 사는 사람들의 비참함을 알아. 당신은 호수들의 아름다움에 경탄하지만 내게는 물 밑에 잠든 메탄 냄새가 먼저 느껴져. 당신은 당신네 프랑스의 평온함에서 벗어나 모험을 찾으려고 아프리카에 왔지. 대단하셔! 내가 찾는 건 한 번도 느끼지 못한 안전함, 내 아이들을 죽음의 위험이 없는 나라에서 키운다는 편안함이야. 민족이 다르다는 이유로 —」

「이본, 그 걱정이랑 박해받는다는 망상 좀 그만해. 당신은 항상 뭐든 지나치게 과장해. 이제 당신에겐 프랑스 여권이 있잖아, 아무것도 겁낼 게 없어. 당신은 난민 수용소가 아니라 부줌부라의 저택에 산다고. 그러니까 제발 과장된 얘기 좀 그만둬!」

「그 여권 따위가 뭐라고. 그런 건 이 상황에, 사방에 떠도는 위험에 전혀 도움이 안 돼. 내가 하는 얘기에 당신은 관심 없지, 미셸. 한 번도 관심 있었던 적 없어. 당신은 서양

31

인 응석받이 아이의 꿈을 오래 간직할 놀이터를 찾아 여기 왔으니까…….」

「무슨 소릴 하는 거야? 정말 사람 질리게 하는군! 당신 처지를 부러워할 아프리카 여자들이 얼마나 많은 —」

엄마가 아빠를 아주 무섭게 쏘아보았기에 아빠는 감히 말을 끝맺지 못했다. 이윽고 엄마는 아주 침착하게 말했다. 「당신은 무슨 뜻인지도 모르면서 지껄이고 있어, 딱한 미셸. 충고 하나 할게. 인종 차별 같은 건 하지 마. 왕년에 히피였던 당신한테 하나도 안 어울려. 그런 건 자크 씨나 다른 진짜 식민주의자들에게 맡기라고.」

자크 씨는 갑자기 담배 연기가 목에 걸려 숨이 막혔다. 엄마는 전혀 신경 쓰지 않고 일어서서 아빠 얼굴에 냅킨을 던지고는 가버렸다. 그 순간 요리사가 되바라진 미소를 띠고 플라스틱 쟁반에 프리무스 맥주병을 가져왔다.

「이본! 당장 돌아와! 자크 씨를 두고 했던 말 당장 사과해!」 아빠가 의자에서 엉거주춤 일어나 두 주먹으로 식탁을 짚고 말했다.

「내버려 둬, 미셸.」 자크 씨가 말했다. 「여편네들이란…….」

3

다음 며칠간 아빠는 다정한 말이나 농담으로 실수를 만
회하려고 몇 번이나 시도했지만 엄마는 변함없이 차디찼
다. 어느 일요일, 아빠는 다 같이 레샤에 가서 점심을 먹자
고 즉흥적으로 결정했다. 레샤는 부줌부라에서 60킬로미
터 떨어진 호숫가에 있다. 그날은 우리 넷이 가족이었던
마지막 일요일이었다.

차창이 활짝 열리고 바람 소리가 너무 요란해서 서로 말
소리를 알아듣기 힘들었다. 엄마는 정신이 딴 데 가 있는
듯했고 아빠는 아무도 묻지 않은 설명을 끊임없이 늘어놓
으며 정적을 깨려 했다. 「저것 보렴, 저건 케이폭나무야.
19세기 말 독일인들이 저 나무를 부룬디에 들여왔지. 베갯
속을 채우는 케이폭 섬유가 저기서 나온단다.」 도로는 호
숫가를 따라 남쪽으로 탄자니아 국경까지 쭉 뻗어 있었다.

아빠는 혼자만의 설명을 계속했다. 「탕가니카호는 세계에서 가장 물고기가 많고 가장 긴 호수야. 6백 킬로미터가 넘고 부룬디보다 넓지.」

우기가 끝나 하늘이 맑았다. 50킬로미터쯤 떨어진 호수 맞은편 자이르의 산에서 반짝이는 양철 지붕들이 보였다. 아주 작은 흰 구름들이 능선에 솜뭉치처럼 걸려 있었다.

무게레강의 다리는 최근 강물이 불었을 때 무너졌기에 우리는 차로 강바닥을 지났다. 차 안으로 물이 들어왔고 아빠는 파제로를 산 후 처음으로 사륜구동 주행을 했다. 레샤에 도착하자 〈레스토랑 르 카스텔〉이라는 간판이 보였다. 차는 망고나무가 늘어선 작은 흙길로 접어들었고 주차장에서 서로 몸의 이를 잡아 주던 사바나원숭이 한 무리가 우리를 맞이했다. 식당 입구에는, 빨간 양철 지붕이 달린 기묘한 건물 꼭대기에 신호기가 꽂혀 있고 파라오 아케나텐이 새겨진 구리 명판이 붙어 있었다.

우리는 테라스석에, 암스텔[7] 파라솔 아래 앉았다. 손님이 있는 자리는 바 근처 한 테이블뿐이었는데, 어느 공사(公使)가 무장한 군인 두 명을 대동하고 가족끼리 점심 식사 중이었다. 공사의 아이들은 우리보다 훨씬 얌전해서 틸

7 네덜란드의 맥주 상표.

끝 하나 움직이지 않고 앞에 놓인 환타병을 수줍게 꼭 붙잡고 있을 뿐이었다. 스피커에서 찬조 아미시의 카세트테이프 음악이 잡음 섞여 약하게 흘러나왔고, 아빠는 손가락에 열쇠 다발을 걸고 돌리며 플라스틱 의자에서 몸을 까닥거렸다. 엄마는 슬픈 미소를 띠고 우리, 아나와 나를 바라보았다. 직원이 오자 엄마는 주문을 했다. 「나일농어꼬치 넷! 프뤼토[8] 둘, 암스텔 둘.」 말단 직원을 대할 때 엄마는 절대 문장으로 말하지 않고 전보 치듯 말했다. 직원들에겐 동사를 쓸 필요가 없었다.

음식이 나오기까지 한 시간은 잡아야 할 때가 많았다. 아빠가 내는 열쇠 짤랑이는 소리와 엄마의 억지 미소 사이에서 자리 분위기가 거북했으므로, 아나와 나는 그동안 빠져나가 호수를 들여다보기로 했다. 아빠가 우리를 겁주려고 외쳤다. 「악어 조심해라, 애들아…….」 호숫가에서 10미터 되는 곳에 수면 위로 드러난 바위 하나가 있었는데 꼭 하마의 둥근 등 같았다. 우리는 그쪽까지 달음박질했다가 좀 더 멀리 금속으로 된 선창까지 갔고 거기서는 밑으로 내려가 터키석 같은 물속에서 큰 바위들 틈을 유유히 헤엄치는 물고기들을 볼 수 있었다. 사다리를 다시 올라오

8 과즙 음료의 이름.

자 위아래 모두 하얀색 차림에 널따란 갈색 가죽 벨트를 매고 머리에는 빨간 스카프를 두른 엄마가 물가에 보였다. 엄마는 밥 먹으러 오라고 손짓했다.

식사를 마치고 아빠는 개코원숭이를 보자며 차를 몰아 키궤나 숲으로 갔다. 우리는 좁은 점토 오솔길을 한 시간 가까이 걸었지만 초록색 부채머리새 몇 마리 말고는 아무것도 보지 못했다. 아빠와 엄마 사이 분위기는 무거웠다. 둘은 서로 말이 없었고 시선도 피했다. 내 신발은 진흙투성이가 되었다. 아나는 누구보다 먼저 개코원숭이를 발견하려고 앞서서 뛰어갔다.

다음으로 아빠는 1972년 부룬디에 왔을 때 건설을 감독했던 루몽게의 팜유 공장을 견학시켜 주었다. 기계들은 낡았고 건물 전체가 기름기를 뒤집어쓴 것 같았다. 무더기로 쌓인 야자열매들이 커다란 푸른 방수포 위에서 건조되는 중이었다. 광활한 야자나무 숲이 사방 몇 킬로미터에 펼쳐져 있었다. 아빠가 압착의 다양한 단계를 설명하는 동안 엄마가 차 쪽으로 가버리는 게 보였다. 나중에 차 안에서 엄마는 창문을 닫고 에어컨을 틀었다. 엄마는 카자 닌의 카세트테이프를 틀었고 아나와 나는 「삼볼레라」를 부르기 시작했다. 엄마도 노래에 합세했다. 엄마의 고운 음색은 영혼을 어루만지고 에어컨보다 더 소름이 돋게 했다. 카세트를 끄고 엄마의 노랫소리만 듣고 싶었다.

　루몽게 시장을 지나가면서 아빠는 기어를 바꿨고 그 기세로 엄마의 무릎에 한 손을 얹었다. 엄마는 접시에 앉은 파리를 쫓듯 거칠게 뿌리쳤다. 아빠는 곧장 백미러를 보았고 나는 창 쪽으로 고개를 돌려 아무것도 못 본 척했다. 32킬로미터쯤 지난 지점에서 엄마는 바나나나무 잎에 싸인 우부사궤(카사바 가루로 만든 찬 파스타) 몇 덩이를 샀고 우리는 그걸 트렁크에 넣었다. 여정의 마지막에는 리빙스턴과 스탠리의 기념석에 잠깐 들렀다. 돌에는 〈리빙스턴, 스탠리, 25-XI-1889〉라고 새겨져 있었다. 아나와 나는 두 탐험가의 만남을 재현하며 놀았다. 「리빙스턴 박사님이시죠?」 멀리 아빠와 엄마가 드디어 서로 대화하는 게 보였다. 나는 자신만만하게 둘이 화해할 거라 기대했고, 아빠가 팔을 활짝 벌려 엄마를 끌어안고 엄마는 아빠 어깨 움푹한 곳에 머리를 기댈 거라고, 그런 다음 둘은 손을 잡고 아래쪽 바나나 농장으로 연인끼리 산책을 갈 거라고 믿었다. 하지만 몸짓이 격하게 오가고 집게손가락으로 비난하듯 삿대질하는 모습을 보고는 부모님이 싸운다는 걸 알아차렸다. 미지근한 바람이 불어 무슨 말을 하는지는 들리

지 않았다. 부모님 뒤편으로 바나나나무들이 흔들리고, 펠
리컨 한 떼가 곶 위를 날아가고, 붉은 해가 높은 고원 너머
서쪽으로 지고, 눈부신 빛이 호수의 반짝이는 수면을 뒤덮
었다.

그날 밤, 엄마의 분노가 집 벽을 뒤흔들었다. 컵이 부서
지는 소리, 유리가 깨지는 소리, 접시가 바닥에 떨어져 산
산조각 나는 소리가 들렸다. 아빠는 거듭 말했다.
「이본, 진정해. 온 동네 잠을 다 깨우겠어!」
「꺼져 버려!」
엄마의 목소리는 흐느끼느라 진흙과 자갈이 쏟아져 나
오는 것처럼 들렸다. 출혈처럼 흘러나오는 말들, 폭언의
윙윙거림이 밤을 채웠다. 이제 소음은 작게 조각나 여기저
기로 움직였다. 내 방 창문 아래 엄마의 고함, 엄마가 자동
차 앞 유리를 깨부수는 소리. 그러다 아무 소리도 없어졌
고 다시금 사방을 떠도는 난폭함이 있었다. 방문 밑으로
스며드는 빛 속에서 나는 부모님의 발이 왔다 갔다 하는
것을 바라보았다. 내 새끼손가락이 침대 모기장에 난 구멍
을 넓혔다. 목소리는 서로 뒤섞이고, 뒤틀려서 낮은 소리
와 새된 소리가 되고, 타일 바닥에 부딪혀 울리고, 가(假)천

장에 반향을 일으켜 말소리가 프랑스어인지 키룬디어[9]인지, 고함인지 울음인지, 우리 부모님이 싸우는 소리인지 동네 개들이 죽어라 짖어 대는 소리인지 더 이상 알 수 없었다. 나는 마지막으로 내 행복을 붙들고 늘어졌으나, 빠져나가지 못하게 아무리 꽉 잡아도 행복은 루몽게 공장에서 배어나던 팜유로 범벅이 되어서 손아귀에서 미끄러져 나갔다. 그래, 그날이 우리 넷이 가족이었던 마지막 일요일이었다. 그날 밤 엄마는 집을 떠났다. 아빠는 흐느낌을 억눌렀고, 아나가 주먹을 꼭 쥐고 자는 동안 내 새끼손가락은 옛날부터 나를 모기 물리지 않게 지켜 주던 모기장을 찢었다.

9 부룬디의 공용어로, 탄자니아, 콩고 민주 공화국, 우간다 등지에서 사용되며 〈룬디어〉로도 불린다.

4

설상가상으로 곧 크리스마스였다. 엄마와 아빠 둘 중 누가 명절 동안 우리를 맡느냐를 두고 한바탕 싸움이 벌어진 뒤, 나는 아빠와 집에 있고 아나는 엄마와 함께 외제비 이모할머니를 방문하기로 정해졌다. 외제비 이모할머니는 엄마의 이모인데 르완다 키갈리에 살았다. 엄마는 1963년 이후 처음으로 르완다에 돌아가는 거였다. 정부와 르완다 애국 전선 사이에 새로운 평화 협정이 맺어진 덕분에 상황이 한결 안정된 것 같았다. 르완다 애국 전선은 엄마처럼 어린 나이에 난민이 되었던 이들로 이루어진 반정부군이었다.

아빠와 나는 단둘이 크리스마스를 보냈다. 나는 핸들에 색색 끈 장식이 달린 빨간 BMX 자전거를 선물받았다. 어찌나 기쁘던지 크리스마스 날 동이 트자마자 아빠가 일어나기도 전에 자전거를 갖고 우리가 사는 막다른 골목의 입구, 우리 집 맞은편에 있는 쌍둥이네로 갔다. 쌍둥이는 감탄했다. 그런 다음 우리는 자갈밭에서 자전거로 쳈렐레[10]를 타며 놀았다. 화가 잔뜩 난 아빠가 파자마 차림으로 와서는 말도 없이 그렇게 일찍 집을 나갔다고 친구들 앞에서 내 따귀를 때렸다. 나는 울지 않았고, 눈물 몇 방울이 나긴 했지만 미끄럼 탈 때 먼지가 나거나 눈에 날벌레가 들어가서 그랬던 게 분명한데 잘 모르겠다.

새해를 맞아 아빠는 나와 함께 키비라 숲으로 하이킹을 가기로 했다. 우리는 고도 2천3백 미터가 넘는 피그미족 도공 마을에서 하룻밤을 지냈다. 기온은 0도에 가까웠다. 자정에 아빠는 바나나맥주를 몇 모금 마셔도 좋다고 허락해 주었다. 몸을 덥히고 1993년 새해의 시작을 기념하자는 의미였다. 그런 다음 우리는 불을 둘러싸고 서로 바싹 붙어 맨바닥에서 잠을 잤다.

이른 아침 우리는 살금살금 오두막을 나섰다. 피그미 사람들은 우르와과, 즉 바나나맥주를 따라 마시던 바가지를 베고 아직 코를 골고 있었다. 밖으로 나오자 바닥은 서리에 덮이고 이슬은 하얀 결정으로 변하고 짙은 안개가 유칼

10 tchélélé. 미끄럼을 뜻한다.

립투스 우듬지를 감싸고 있었다. 숲속에서 우리는 구불구불한 오솔길을 나아갔다. 나는 썩은 나무줄기에서 검정과 하양으로 된 커다란 딱정벌레를 잡아 곤충 수집을 시작하려고 금속 상자에 넣었다. 하늘에 해가 뜨자마자 기온이 올랐고 새벽의 서늘함은 끈적한 습기로 바뀌었다. 아빠는 말없이 나보다 앞서 걸었고, 아빠의 머리칼은 땀 때문에 윤기를 잃고 목덜미 위에 곱슬곱슬하게 말려 있었다. 숲속에서 개코원숭이 울음소리가 들려왔다. 이따금 고사리 속에서 뭔가가 움직이는 바람에 나는 깜짝 놀랐는데, 서벌이나 사향고양이가 틀림없었다.

날이 저물 무렵 우리는 사냥개, 남냠테리어[11] 떼를 거느린 피그미 무리를 만났다. 그들은 산속 더 높이 있는 대장장이 마을 사람들이었다. 활을 차고 전리품으로 두더지, 감비아도깨비쥐, 침팬지 한 마리의 사체를 챙겨 사냥에서 돌아오는 길이었다. 아빠는 몇천 년 전과 똑같은 생활 방식을 이어 가는 그 작은 사람들에게 매혹되었다. 그들과 헤어지면서 아빠는 현대성, 진보, 선교의 이름으로 행해지는 이 세상의 계획된 소멸에 관해 슬프게 말해 주었다.

---

11 중앙아프리카에 서식하는 개의 일종으로, 바센지라고도 하며 후두 구조 때문에 짖지 않고 요들 같은 독특한 소리를 내는 것이 특징이다.

차로 돌아가기 전, 오솔길 마지막 구간에서 아빠는 내게 멈춰 서보라고 했다. 그러더니 일회용 카메라를 꺼냈다.

「거기 서보렴! 사진을 찍어 주마, 그래야 추억이 남지.」

나는 커다란 새총 모양 나무에 기어올라 두 갈래 나무줄기 사이에 섰다. 아빠는 톱니바퀴를 돌렸다. 움직이지 말고! 〈찰칵〉 소리가 나고 필름 감기는 소리가 났다. 필름의 마지막 컷이었다.

마을에서 우리는 피그미 사람들에게 우리를 맞이하고 환대해 주어 고맙다고 인사했다. 개구쟁이들이 자동차에 매달려 보려 하며 몇 킬로미터나 달려 포장도로에 들어설 때까지 차 뒤를 쫓아왔다. 부가라마의 내리막길에서 〈가미카제 바나나〉들이 우리를 추월했다. 자전거로 자동차만큼 속도를 내어 달리는 이들인데, 짐받이에 묵직한 바나나 다발이나 몇십 킬로그램이나 나가는 석탄 포대를 싣고 있었다. 그런 속도에서 넘어지면 죽는 일도 많고 도로에서 조금만 벗어나도 벼랑 아래로, 탄자니아 트럭들과 박살 난 승합차들의 공동묘지로 떨어졌다. 반대편 도로에서는 그런 자전거들이 수도에 짐을 배달하고 트럭 뒤 범퍼에 몰래 달라붙어 산을 오르고 있었다. 나는 끈 장식 달린 내 빨간 BMX를 타고 전속력으로 부가라마의 커브 길을 내려오며

광란의 질주로 자동차와 트럭을 추월하는 내 모습을, 부줌 부라에 도착한 나를 투르 드 프랑스 우승자처럼 박수갈채로 맞이하는 쌍둥이와 아르망과 지노를 상상해 보았다.

집 앞에 도착하자 밤이었다. 아빠는 〈맹견 주의, Imbwa Makali(맹견 주의)〉라는 경고문이 붙은 대문 앞에서 여러 차례 경적을 울렸다. 정원사가 다리를 절뚝거리며 와서 문을 열어 주었고, 흰색과 갈색이 섞이고 털이 곱슬곱슬한 우리 집 작은 개가 뒤따라왔다. 몰티즈와 쥐잡이 개의 불분명한 잡종인 그 개가, 믿기 어렵지만 대문 경고문의 주인공이었다. 차에서 내린 아빠는 곧장 정원사에게 물었다.

「칼릭스트는 어디 있지? 왜 자네가 문을 여는 거야?」

「칼릭스트는 사라졌어요, 주인어른.」

개는 여전히 그를 따라다녔다. 녀석은 꼬리가 없었고, 그래서 기분이 좋다는 뜻으로 궁둥이를 흔들었다. 그러고는 입술을 말아 올렸는데, 그러면 마치 미소 짓는 것 같았다.

「사라졌다니, 어쩌다?」

「오늘 아침 일찍 나갔는데 돌아오지 않을 겁니다.」

「이건 또 무슨 소리야?」

「칼릭스트는 문제가 있었어요, 주인어른. 어제 우린 새해를 축하했죠. 제가 잠들자 그는 창고에 들어가 닥치는 대로 훔쳤어요. 그러고는 사라졌죠……. 제가 말씀드릴 수 있는 바로는 그래요.」

「뭘 훔쳤는데?」

「손수레, 공구 상자, 그라인더, 납땜인두, 페인트 두 통에다가…….」

정원사는 물건 이름을 줄줄 읊었지만 아빠는 손짓으로 말을 끊었다.

「됐어! 됐어! 월요일에 신고하지.」

정원사는 덧붙였다.

「가브리엘 도련님의 자전거도 훔쳐 갔어요.」

그 말을 듣자 나는 심장이 쿵 내려앉는 기분이었다. 그럴 리 없어. 칼릭스트가 그런 짓을 할 수 있다니 믿기지 않았다. 나는 눈물을 뚝뚝 흘리며 울기 시작했다. 온 세상이 원망스러웠다. 아빠는 계속 말했다. 「자전거 찾게 될 거야, 가비. 걱정 마라.」

5

 다음 일요일, 등교일 전날 아나가 르완다에서 돌아왔다. 엄마가 이른 오후에 아나를 집에 데려다주었다. 아나는 밝은 금발을 가닥가닥 섞어 잘게 땋은 머리를 하고 있었다. 아빠는 달가워하지 않았고 어린 여자아이가 하기엔 머리카락 색이 너무 저속하다고 여겼다. 아빠는 엄마와 말다툼했고 엄마는 곧장 오토바이에 다시 시동을 걸어 내가 엄마에게 입 맞추고 새해 복 많이 받으라고 인사하기도 전에 가버렸다. 엄마가 날 잊었다는 사실을 틀림없이 깨닫고 돌아올 거라고 확신하며, 나는 현관 계단에 붙박인 듯 한참 서 있었다.
 그 후 쌍둥이가 시골 할머니 댁에서 보낸 크리스마스 휴일 얘기를 하러 우리 집에 들렀다.
 「끔찍했어! 거긴 욕실이 없어서, 우린 다들 보는 와중에 마당에서 발가벗고 씻어야 했어. 하느님 이름을 걸고, 가비!」

「그리고 거기선 우리 같은 혼혈을 별로 본 적 없어서, 마을 애들이 몰려와 울타리 너머로 우릴 훔쳐봤어. 우리한테 〈쪼그만 백인 새끼들!〉 하고 고함쳤지. 짜증 났어. 할머니가 돌을 던져서 걔들을 쫓아냈어.」

「그런데 그때 할머니는 우리가 할례받지 않은 걸 본 거야.」

「너 할례가 뭔지 알아?」

나는 고개를 저었다.

「고추를 자르는 거야!」

「할머니는 소스텐 삼촌 보고 우리한테 할례를 행하라고 했어.」

「그땐 우리도 무슨 일인지 몰랐어. 그래서 처음엔 신경 쓰지 않았지. 할머니가 삼촌에게 키룬디어로 얘기해서 우린 한마디도 알아듣지 못했는데, 계속 손가락으로 우리 고추를 가리키는 거야. 우린 할머니랑 삼촌이 뭔가 엄청 수상쩍은 일을 꾸미고 있다는 걸 느끼고 부모님에게 전화하고 싶었어. 그런데 거긴 진짜 시골이라 전화도 없고 전기도 없는 거야. 화장실은 그냥 바닥에 뻥 뚫린 구멍이고 파리 떼가 한참을 맴돈다고! 하느님 이름을 걸고!」

쌍둥이는 맹세할 때마다 〈하느님 이름을 걸고〉라고 말하면서 칼로 닭 목을 따듯 손가락으로 목을 긋는 동작을 하고 엄지와 집게손가락으로 딱 소리를 내며 마무리했다.

「소스텐 삼촌이 고드프루아와 발타자르 사촌 형들을 데려왔어. 우리를 마을 입구의 작은 흙집으로 데려갔는데, 방 한가운데 나무로 된 탁자가 있었지.」

「삼촌은 가게에서 면도칼을 사 왔어.」

「고드프루아가 등 뒤에서 내 팔을 잡고 발타자르가 다리를 내리눌렀어. 삼촌은 내 팬티를 벗겼지. 내 고추를 붙들어 탁자 위에 놓더니, 포장지에서 질레트 면도칼을 꺼내고 살갗을 잡아당겨서 지익! 끄트머리를 잘랐어! 그런 다음 소독되라고 소금물을 뿌렸어. 하느님 이름을 걸고!」

「Yébabawé(맙소사)! 그걸 보고 난 치타에게 쫓기는 임팔라처럼 곧장 언덕으로 내달렸지. 하지만 형들이 날 붙잡아서 내리누르고, 지익! 똑같이 당했어!」

「그다음엔 소스텐 삼촌이 우리 고추 끄트머리를 성냥갑에 담아서 할머니한테 줬어. 할머니는 확인하려고 상자를 열어봤지. 할머니 얼굴엔 롤링 스톤스의 〈새티스팩션〉이 흘렀어, 하느님 이름을 걸고! 사악할 지경이었어! 그것도 모자라 할머닌 우리 고추 <u>끄트</u>머리를 바나나나무 아래 땅에 묻었어!」

「걔넨 고추 <u>끄트</u>머리의 천국으로 갔어! 하느님 품에 안겼길!」

「아멘!」

「게다가 그게 끝이 아니었어! 우린 여자애들처럼 원피스를 입어야 했어. 바지는 상처에 너무 쓸리잖아, 알 만하지.」

「원피스는 전 세계적 수치였다고, 친구!」

「휴일이 끝나고 부모님이 우릴 데리러 와서 그런 차림인 걸 보고 놀랐어. 아빠는 치마를 입고 뭘 하는 거냐고 물었지.」

「우린 다 일러바쳤어. 아빠는 할머니에게 화가 났어. 우린 유대인이 아니라 프랑스인이라고 했지!」

「하지만 엄마가 아빠에게 위생 문제 때문에 한 거라고 설명했어. 거기에 때가 끼어 있지 않게 하려는 거라고.」

이야기를 마칠 때면 쌍둥이는 언제나 숨을 헐떡였다. 그들은 설명하느라 팔다리를 사방으로 휘젓고 아주 사소한 부분까지 몸짓으로 흉내 냈다. 귀가 먹은 사람이라도 그 애들 말을 알아들을 것이다. 쌍둥이가 말할 때면 단어들은 서로 밀치고 말들은 서로 부딪쳤다. 한쪽이 문장을 끝내자마자 다른 한쪽이 곧바로 다음을 잇는 게 꼭 릴레이 경주에서 배턴을 주고받는 것 같았다.

「너희들 말 안 믿어!」 내가 말했다.

쌍둥이는 거짓말하기도 좋아했기 때문이었다. 한쪽이 거짓말로 이야기를 시작하면 다른 한쪽은 미리 말을 맞추지 않고도 이야기를 이어 갔다. 진정한 재능이었다. 아빠는 그 애들이 허풍의 예술가, 진실을 감추는 마술사라고 했다. 내가 날 놀리는 거냐고 했더니, 쌍둥이는 입을 모아 〈하느님 이름을 걸고!〉라 대답하고는 손가락으로 목을 긋고 엄지와 집게손가락을 퉁겨 딱 소리를 냈다. 그러고는 동시에 바지를 내렸고, 그러자 보랏빛 도는 벌건 살점 끄트머리가 보였다. 나는 비위가 상해 눈을 감았다. 팬티를 올리며 그들은 덧붙였다.

「맞다, 우리 할머니네 마을에서 누가 네 자전거 타는 거 봤어. 하느님 이름을 걸고!」

6

아빠의 쉰 목소리가 나를 깨웠다. 「가비! 가비!」 학교에
지각할까 봐 서둘러 일어났다. 나는 종종 늦잠을 자서 아
빠가 나를 깨워야 했다. 아나는 언제나 먼저 일어나 준비
를 마치고, 머리를 빗고, 머리핀을 꽂고, 온몸에 코코넛밀
크를 바르고, 양치질을 하고, 구두는 반짝이는 채였다. 그
애는 물이 오전 내내 시원하도록 전날 밤 물통을 냉장고에
미리 넣어 두기까지 했다. 숙제는 미리 해놓고 배운 내용
은 다 외웠다. 아나는 굉장한 애다. 나보다 세 살 어린데도
늘 누나 같다. 복도로 나가면서 보니 아빠 방문은 닫혀 있
었다. 아빠는 아직 자고 있었다. 이번에도 나는 속았다. 앵
무새가 아빠 목소리를 흉내 낸 거였다.

나는 바르자, 즉 테라스로 나가 앵무새 새장 맞은편에
앉았다. 앵무새는 발톱으로 땅콩을 꼭 쥐고 먹고 있었다.

갈고리 모양 부리로 껍데기를 부수어 알맹이를 꺼냈다. 녀석은 노란 눈 속 까만 동공으로 잠시 나를 보더니 아빠가 가르쳐 준 「라 마르세예즈」의 첫 부분 가락을 노래하고 머리꼭지를 쓰다듬어 달라고 새장 창살 틈으로 고개를 내밀었다. 내 손가락이 회색 깃털 속으로 파고들자 목덜미의 따스한 장밋빛 살갗이 느껴졌다.

마당에서 거위 한 떼가 일렬로 전진하며 야경꾼 앞을 지나갔다. 그는 돗자리에 앉아 두꺼운 회색 담요를 턱 밑까지 덮고 있었고, 곁에 둔 소형 라디오에서는 키룬디어로 아침 뉴스가 나왔다. 그 순간 프로테가 대문을 지나 걸어와서 테라스의 세 계단을 올라 내게 인사했다. 많이 야위었고, 그렇잖아도 평소에 원래 나이보다 훨씬 들어 보이는데 초췌한 얼굴 때문에 더 노인 같은 모습이었다. 뇌 말라리아에 걸려 목숨까지 위태로울 지경이었기 때문에 그는 요 몇 주 동안 일하러 오지 않았다. 아빠는 진료비와 전통 치료사 사례금을 전부 내주었다. 나는 프로테를 따라 부엌으로 들어갔고, 그는 부엌에서 외출복을 벗고 일할 때 입는 옷으로 갈아입었다. 낡은 셔츠, 껑충하게 짧은 바지, 형광색 플라스틱 샌들이었다.

「오믈렛으로 하겠어요, 달걀프라이로 하겠어요, 가브리

엘 도련님?」 그가 냉장고를 살펴보며 물었다.

「달걀프라이 두 개 부탁해요, 프로테.」

아나와 내가 테라스에 앉아 아침 식사를 기다리고 있으
니 아빠가 왔다. 얼굴에 가볍게 베인 상처가 몇 군데 있고
왼쪽 귀 뒤에 면도 크림이 남아 있었다. 프로테가 커다란
쟁반에 차가 든 보온 주전자, 꿀이 든 단지, 분유가 든 받침
접시, 마가린, 까치밥나무 열매 잼, 내가 좋아하는 대로 살
짝 바삭바삭하게 구운 달걀프라이를 담아 가져다주었다.

「반갑네, 프로테!」 아빠가 그의 흙빛 얼굴을 보고 말했다.

그는 소심한 고갯짓으로 인사에 답했다.

「좀 나아진 것 같군!」

「네, 나아졌습니다. 감사합니다, 선생님. 도와주셔서 감
사드립니다. 저희 가족이 무척 고맙게 여깁니다. 선생님을
위해 기도한답니다.」

「고마워할 것 없어. 내가 치료비로 지불한 돈은 다음번
자네 급여에서 제할 테니까. 잘 알잖나.」 아빠가 무덤덤하
게 말했다.

프로테의 얼굴이 굳어졌다. 그는 쟁반을 들고 부엌으로
모습을 감췄다. 도나시앵이 춤추는 듯한 걸음으로 도착했
다. 그는 아바코스트를 입고 있었다. 아바코스트는 셔츠와

타이 없이 입는, 가벼운 천으로 되었으며 소매가 짧은 어두운색 재킷으로 모부투가 식민지 의복에서 벗어나기 위해 자이르 국민에게 착용을 강제한 옷이었다. 도나시앵은 20년째 아빠의 현장 감독이자 아빠의 오른팔이나 다름없는 직원이었다. 고작 마흔 살인데도 작업 현장의 인부들은 그를 므제, 즉 어르신이라 불렀다. 도나시앵은 자이르 사람이고 대학 입학 자격을 딴 후 당시 아빠가 감독하던 루몽게 팜유 공장에서 일하려고 부룬디에 왔다. 이후로 아빠 곁을 떠나지 않았다. 그는 아내와 아들 셋과 함께 도시 북쪽 동네 카멩게에 살았다. 셔츠 주머니에는 펜 뚜껑이 튀어나와 있었고, 짬이 날 때마다 악어가죽 손가방에 넣고 다니는 『성경』의 구절을 읽었다. 매일 아침 아빠는 그에게 그날의 지시 사항을 일러 주고 일당 인부들에게 급료로 줄 돈을 맡겼다.

　잠시 후 이노상이 아빠에게 업무용 소형 트럭 열쇠를 받으려고 테라스로 들어왔다. 이노상은 갓 스무 살인 부룬디 청년이었다. 키가 크고 말랐으며 이마에 수직으로 흉터가 나 있어 험한 인상이었는데, 그는 일부러 그런 인상을 강조하려 애썼다. 그는 수없이 씹은 이쑤시개를 줄곧 입 양 끝으로 물고 다녔다. 헐렁한 바지, 야구 모자, 큼직한 흰 운동화에 손목에는 범아프리카주의를 나타내는 색인 빨강, 초록, 노랑의 손목 밴드를 찬 차림이었다. 그는 집안의 다른 사람들에게 못되고 오만하게 굴 때가 많았지만 아빠는 그를 몹시 아꼈다. 이노상은 단순히 회사 운전사 정도가 아니라 아빠의 만능 해결사였다. 그는 부줌부라를 속속들이 알았고 그의 얼굴은 어디서든 통했다. 브위자의 자동차 정비사들, 부엔지의 고철 장수들, 아시아인 동네의 상인들, 무하 캠프의 군인들, 퀴자베의 매춘부들, 중앙 시장의 고기완자 장사꾼들……. 좀스러운 공무원들 책상에서 몇 달씩 감감무소식인 행정 요청 사항이 진행되게 하려면 누구에게 뇌물을 써야 하는지 그는 언제나 알고 있었다. 경찰들은 결코 그를 붙들지 않았고 거리의 아이들은 시키지 않아도 그의 차를 감시해 주었다.

지시를 전달하고 나서 아빠는 보온 주전자에 남은 차를 잎이 시들시들한 협죽도 화분에 붓고는 잠시 앵무새에게 「라 마르세예즈」를 휘파람으로 불러 주었고, 우리는 모두 차에 올라탔다.

7

　부줌부라의 프랑스 학교는 광대한 부지에 유치원부터
고등학교 졸업반까지 전부 모여 있었다. 주 출입구는 두
곳이다. 프랑스 루이 르와가소레 경기장과 앵데팡당스 대
로 쪽 입구는 상급생용으로, 행정 건물과 중고등학교 교실
로 곧장 이어졌다. 무잉가 거리와 위프로나 대로 쪽은 유
치원 아이들이 이용하는 입구였다. 초등학교는 한가운데
있었다. 평소처럼 아빠는 우리를 아이들용 출입구에 내려
주었다.

　「이노상이 점심때 너희를 데리러 와서 엄마네 가게에 데
려다줄 거야. 난 내일 돌아오마, 내륙 지역 작업 현장에 가
봐야 해.」

　「알겠어요, 아빠.」아나가 얌전히 대답했다.

　「가브리엘, 오는 토요일에 그 자전거 얘기는 뭔지 이노

상과 도나시앵과 같이 치비토케에 가봐라. 제대로 확인하려면 네가 같이 있어야 해. 걱정 마, 찾게 될 테니.」

그날 아침 교실은 흥분으로 들끓었다. 선생님이 프랑스 오를레앙의 CM2[12] 학급 학생들이 보낸 편지를 모두에게 한 통씩 나눠 주었다. 우리는 펜팔 친구가 생겨서 무척 신이 났다. 내가 받은 봉투에는 분홍색 글씨의 대문자로 내 이름이 적혀 있고 프랑스 국기와 별과 하트 몇 개가 빙 둘러 장식되어 있었다. 종이에서 달콤한 향이 진하게 풍겼다. 나는 조심스레 편지를 펼쳤다. 글씨는 반듯하고 왼쪽으로 기울어 있었다.

1992년 12월 11일 금요일

가브리엘에게

내 이름은 로르고 열 살이야. 나도 너처럼 CM2야. 난 오를레앙에서 정원이 있는 집에 살아. 난 키가 크고, 머리카락은 어깨까지 오는 금발이고, 눈은 초록색이고, 주근깨가 있어. 내 동생 이름은 마티외야. 우리 아빠는 의

---

12 프랑스 교육 과정 중 하나로 〈중급 과정 2〉를 뜻하며 10~11세에 해당한다.

사고 엄마는 집 안을 돌보셔. 난 농구를 즐겨 하고 크레이프와 케이크를 만들 줄 알아. 넌 어떠니?

난 노래하고 춤추는 것도 좋아해. 넌 어떠니? 난 텔레비전 보는 걸 좋아해. 넌 어떠니? 난 책 읽는 건 싫어. 넌 어떠니? 나중에 크면 난 아빠처럼 의사가 될 거야. 방학 때마다 난 방데에 사는 사촌 집에 가. 내년에는 디즈니랜드라는 새로 생긴 놀이공원에 갈 거야. 너 거기 아니? 네 사진 보내 줄 수 있겠니?

간절히 네 답장을 기다릴게.

입맞춤을 담아,

로르

P.S. 우리가 보낸 쌀 받았니?

봉투에는 로르가 넣은 사진이 들어 있었다. 아나의 인형 같은 생김새였다. 그 편지에 나는 주눅이 들었다. 〈입맞춤〉이라는 말을 읽으며 얼굴이 빨개졌다. 마치 과자가 가득 든 소포를 받은 것 같았고, 갑자기 상상하지 못했던 신비한 세계의 문을 연 듯한 기분이었다. 초록색 눈에 금발인 로르라는 프랑스 소녀, 어딘가 먼 곳에 있는 애가 키나니라 동네에 사는 나 가비에게 입 맞추려 했다니. 누군가가 내 두근거림을 눈치챌까 싶어 얼른 로르의 사진을 책가방 주머니에 넣고 편지를 봉투에 도로 넣었다. 벌써부터 그 애에게 어떤 사진을 보낼까 궁리하고 있었다.

다음 시간에 선생님은 우리에게 펜팔 친구한테 답장을 쓰라고 하셨다.

1993년 1월 4일 월요일

로르에게

내 이름은 가비야. 어쨌거나 모든 것에는 이름이 있지. 거리에도, 나무에도, 곤충에도……. 예를 들어 내가 사는 동네는 키나니라야. 내가 사는 도시는 부줌부라야. 내 나라는 부룬디야. 내 동생, 우리 엄마, 아빠, 내 친구들, 모두 이름이 있어. 자기가 선택하지 않은 이름이지. 우리는 태어날 때부터 이름이 있으니까. 언젠가 난 내가 사랑하는 이들에게 날 가브리엘이 아닌 가비라고 불러 달라고 했고, 그건 나 대신 선택한 사람들 대신에 내가 선택하기 위해서였어. 그러니 날 가비라고 불러 줄래? 내 눈은 밤색이고 그래서 내 눈엔 남들이 밤색으로만 보여. 우리 엄마, 아빠, 내 동생, 프로테, 도나시앵, 이노상, 내 친구들……. 다들 커피를 탄 우유색이야. 각자 자신의 눈동자 색을 통해 세상을 봐. 네 눈은 초록색이니까 네가 보는 난 초록색이겠지. 난 싫어하면서 좋아하는 게 많아. 아이스크림의 단맛은 좋지만 추운 건 싫어. 수영장은 좋지만 염소(鹽素)는 싫어. 학교에 친구들이 있고 떠들썩한 건 좋지만 수업은 싫어. 문법, 동사 변화, 뺄셈, 작문, 체벌, 지겹고 야만적이야! 나중에 어른이 되면 인생이 망가질 일이 절대 없도록 기계 기술자가 되고 싶어. 뭐가 제대로 안 될 때는 고치는 법을 알아야 해. 하지만 그건 한참 후의 일이야. 난 열 살밖에 안 됐고 시간은 느리게 흐르니까. 특히 학교 다녀온 다음 오후가 그렇고 일요일도 그런데, 할머니 댁에 가면 따분하기 때문이야. 두 달 전 우린 전교생이 운동장 차양 아래서 뇌막염 예방 주사를 맞았어. 뇌막염에 걸리면 큰일이야. 더 이상 생각을 못 하게 된대. 그래서 교장 선생님은 전체 학부모에게 주사를 꼭 맞히라고 당부했어. 당연한 일이지, 우리가 뇌막염에 걸리면 교장 선생님이 난처해지니까. 올해는 부룬디 공화국 대통령을 뽑는 선거가 열릴 예정이야. 처음 있는 선거야. 난 투표할 수 없고, 투표하려면 기계 기술자가 될 때까지 기다려야 해. 하지만 누가 당선됐는지 알려 줄게. 약속해!

다음에 보자.

입맞춤을 담아,

가비

P.S. 쌀은 어떻게 됐는지 알아볼게.

8

이노상과 도나시앵과 나는 아주 일찍 길을 나섰다. 보통 때 짐칸에 쌓여 있던 시멘트 부대, 삽, 곡괭이 들이 없으니 트럭은 평소보다 빨리 달렸다. 우리 셋은 기묘한 일당이었다. 부줌부라를 벗어나 첫 번째 군사 검문을 지날 때 내게 든 생각은 그거였다. 만일 군인들이 멈춰 세우면 뭐라고 하지? 도난당한 자전거를 찾으려 나라 반대쪽으로 새벽부터 길을 떠난다고? 우리가 수상해 보이는 건 분명했다. 이노상이 운전대를 잡았고 그놈의 이쑤시개를 씹고 있었다. 나는 그 버릇이 역겨웠다. 부줌부라의 촌뜨기 전부가 그짓을 따라 했다. 그들은 남자다워 보이려 했고 자기가 무슨 카우보이, 이노상 같은 사내인 줄 알았다. 보나 마나 어떤 한심한 녀석이 어느 날 오후 카메오 극장에서 클린트 이스트우드 영화를 보고는 거들먹거리고 싶어졌고, 그 유행이 도화선처럼 금세 시 전체에 퍼진 게 분명했다. 부줌부라에는 발 빠른 게 두 가지 있는데, 소문과 유행이다.

도나시앵은 앉은 자리가 불편해 출발하면서부터 심기가 편치 않았다. 그가 앉은 자리는 가운데여서 기어 스틱 때문에 다리를 똑바로 뻗을 수 없었다. 왼쪽 어깨는 이노상의 어깨에 닿고 다리는 비스듬히 놓인 비뚜름한 자세였다. 내가 창가에 앉겠다고 투정을 부렸는데, 비가 내렸고 나는 유리창을 따라 흘러내리는 빗방울 구경하기와 흐려진 창에 입김을 불어 그림 그리기를 좋아했기 때문이었다. 내륙 깊이 한참 차를 타고 갈 때는 그런 게 심심풀이가 된다.

치비토케에 도착하자 비는 더 오지 않았다. 도나시앵은 진흙탕이 너무 심해 차가 진창에 빠질 위험이 있다며 쌍둥이네 할머니 집에 가는 길로 못 들어가게 했다. 그는 거기서부터 걸어가자고 했지만 이노상은 하얀 운동화를 더럽히기 싫어했다. 그래서 나와 도나시앵이 앞서가고 이노상은 망할 놈의 이나 쑤시고 있으라고 트럭에 혼자 남겼다.

구릉지에서는 혼자 있다고 여길 때에도 언제나 지켜보는 눈이 수백 쌍 있고, 이 오두막에서 저 루고[13]로 물수제비처럼 튀는 목소리를 통해 당신의 존재는 반경 몇 킬로미

13 rugo. 부룬디와 르완다의 전통 가옥 — 원주.

터까지 알려진다. 그래서 우리가 도착했을 때 할머니는 이미 응유(凝乳) 두 잔을 들고 우리를 기다리고 있었다. 도나시앵도 나도 키룬디어를 제대로 알지는 못했다. 특히 구릉지대의 복잡하고 시적인 키룬디어는, 프랑스어와 스와힐리어 몇 마디로는 아무리 애써도 부족함을 따라잡을 수 없는 언어였다. 나는 키룬디어를 제대로 배운 적이 없었고 부줌부라에서는 다들 프랑스어를 썼다. 한편 도나시앵은 키부 출신 자이르인이었고, 키부의 자이르인은 대개 스와힐리어와 소르본의 정확한 프랑스어만 할 줄 안다.

거기와는 사정이 아예 딴판이었다. 내륙 깊은 곳에 가면 쌍둥이네 할머니 같은 사람과 대화가 통하지 않는다. 그들이 쓰는 키룬디어에는 섬세함이 너무나 많고, 태곳적부터 내려온 속담과 석기 시대까지 거슬러 올라가는 표현들이 섞여 있다. 도나시앵과 내가 알아들을 수준이 아니었다. 그래도 할머니는 어디 가면 자전거의 새 임자를 찾을 수 있는지 설명해 주려고 애썼다. 한마디도 알아듣지 못했으므로 우리는 고추를 잘랐던 바로 그 사촌 형들, 고드프루아와 발타자르와 함께 차로 돌아왔고 이노상이 통역 노릇을 했다. 우리는 길을 가르쳐 주겠다고 한 사촌 형들을 트럭 뒤에 태우고 포장도로로 나왔다. 시를 나와 2킬로미터쯤 가자 어느 마을로 가는 길이 나왔고 거기서 우리는 마티아스라는 사람을 찾았는데, 내 자전거를 탄 모습을 쌍둥이가 봤다는 자였다. 그 마티아스는 자전거를 기홈바에 사는 스타니슬라스라는 사람에게 판 후였다. 우리는 두 사촌 형들에 마티아스까지 태우고 다시 차에 올랐고 스타니슬라스라는 사람을 찾았는데, 그는 또 자전거를 쿠리기타리에 사는 어느 양봉업자에게 팔았다고 했다. 우리는 스타니슬라스까지 태우고 다시 쿠리기타리로 향했다. 양봉업자도 마찬가지 사정이었고, 우리는 자전거의 새 임자가 사는 곳을 알려 달라고 그를 트럭에 태웠다. 기타바에 사는 장보스코라는 이였다. 기타바에 도착하자 거기서는 장보스코가 치비토케에 있다고 알려 주었다. 그래서 우리는 치비토케로 돌아왔다. 그리고 장보스코는 자전거를 방금 기타바의 한 농부에게 팔았고…….

되돌아갔다. 그런데 치비토케 주간선 도로에서 경찰이 우리를 멈춰 세우더니 차에 아홉 명이나 타고 뭘 하는 거냐고 물었다. 이노상은 도난당한 자전거와 새 임자를 찾는다는 이야기를 시작했다. 정오였고 호기심 많은 이들이 몰려들었다. 이내 몇백 명이 차를 둘러싸고 모였다.

맞은편에는 시에서 가장 큰 주류 판매 허가 업소인 중심가 술집이 있었다. 시장과 지역 유지 몇 명이 뜨거운 프리무스에 취해 염소고기꼬치 요리를 다 먹어 가는 중이었다. 우리 주변에 몰린 군중이 금세 그들의 주의를 끌었다. 시장이 천천히 의자에서 일어섰다. 그는 바지를 추켜올리며 트림을 하고 벨트를 조정하고는, 입술은 기름으로 번들거리고 황록색 셔츠에는 고기 얼룩을 묻힌 채 불룩 나온 배로 군중을 가르며 피곤한 카멜레온처럼 우리 쪽으로 다가왔다. 얼굴은 길쭉하고 섬세했지만 친척 아주머니 같은 큰 엉덩이는 등허리까지 퍼지고 배는 만삭의 몸처럼 탄탄하고 팽팽했다. 시장은 꼭 호리병박 같았다.

높으신 분들이 모두 끝없이 논의를 늘어놓는 사이, 나는 군중 틈에서 별안간 칼릭스트를 알아보았다. 내 자전거를 훔쳐 간 칼릭스트…… 내가 그 사실을 알리기 무섭게 그는 초록맘바처럼 재빠르게 달아났다. 점심상에 올리려고 잡을 닭을 뒤쫓듯 도시 전체가 그를 뒤쫓아 달려갔다. 지루한 시골에서는 죽은 듯 고요한 점심시간에 피를 좀 보는 것만큼 좋은 심심풀이가 없다. 민중 재판, 그건 린치를 다르게 부르는 이름이고 세련되게 들린다는 장점이 있다. 다행히 그날은 민중이 이기지 못했다. 사람들은 칼릭스트를 붙들었지만 경찰이 신속하게 몰매질을 저지했다. 시장은 사태를 수습하려 들었다. 현자인 양하며, 정직한 시민으로 사는 것의 중요성에 관한 거창한 연설로 흥분한 영혼들을 진정시키려 했다. 하지만 시간이 시간이고 더위도 심했으므로 한껏 고양되어 날아오르던 그의 시상도 금세 땅에 떨어졌다. 그는 연설 도중에 말을 그만두고 진짜 자기 자리, 맥주앞으로 가서 영혼을 진정시켰다. 크게 다친 칼릭스트는 시감옥으로 옮겨졌고 도나시앵은 서둘러 고소장을 제출했다.

칼릭스트가 감옥에 들어갔다고 내 자전거 문제가 해결된 건 아니었다. 우리는 기타바의 농부를 찾기로 했다. 그러려면 쌍둥이네 할머니 집으로 가는 길을 다시 지나야 했다. 도나시앵이 진창에 빠질 위험이 있다고 계속 주의를 주는데도 이노상은 제멋대로 진흙탕 길로 차를 몰았다. 기타바라는 동네에는 바나나나무 잎으로 지붕을 이은, 흙벽으로 된 작은 집이 있었다. 그 오두막은 언덕 꼭대기에 있었고, 한순간 경치가 우리를 사로잡았다. 하늘은 비에 말끔히 씻겼고 젖은 땅에 비치는 햇살이 루시지강의 황토색물이 흐르는 드넓은 녹색 평원 위로 장밋빛 아지랑이의 소용돌이를 그렸다. 도나시앵은 경건한 침묵 속에서 그 장관을 찬탄했고 이노상은 전혀 관심 없이 방금까지 입에 물고 있던 지랄 맞은 이쑤시개로 손톱 밑의 때를 후볐다. 세상의 아름다움은 그에겐 알 바 아니었고 제 몸의 더러움만이 관심사였다.

마당에서는 한 여자가 돗자리 위에 무릎을 꿇고 수수를 빻는 데 몰두해 있었다. 그 뒤편에서 의자에 앉아 있던 한 남자가 우리를 오라고 불렀다. 그 농부였다. 우리 집에서는 낯선 사람이 집에 오면 아빠는 인사조차 하기 전에 날카롭게 〈무슨 일이오?〉 하고 소리 지른다. 여기는 그 반대였다. 점잖음이 있고 예의가 있었다. 우리는 낯선 이처럼 느껴지지 않았다. 산꼭대기 외딴곳에 있는 그 집 작은 마당에 우스운 꼴로 느닷없이 쳐들어갔는데도 오래전부터 우리를 기다리고 있던 듯한 기분 좋은 느낌을 받았다. 우리가 찾아온 이유를 알려고 하지도 않고 농부는 마당에 앉으라고 권했다. 그는 밭일을 마치고 돌아온 참이었다. 진흙 때문에 거칠어진 맨발에 누덕누덕한 셔츠를 입고 면바지를 무릎까지 걷어 올리고 있었다. 그의 뒤로 흙투성이 괭이가 오두막 벽에 기대세워져 있었다. 여자아이 하나가 의자 세 개를 가져왔고 어른 여자는 돌 두 개로 수수알을 계속 빻으면서 우리에게 미소 지었다.

우리가 앉자마자 또래 남자아이가 내 자전거를 타고 마당에 들어왔다. 한순간도 생각하지 않고 나는 의자를 박차

고 일어나 그 애에게 덤벼들어서 핸들을 움켜쥐었다. 그
애의 가족은 자리에서 일어나 무슨 일인지 의아해하며 당
혹스러운 눈으로 우리를 보았다. 남자아이는 너무 놀라 내
가 제 손에서 자전거를 빼앗는데 버티지도 않았다. 몹시
난처해하는 망설임이 일었고 도나시앵이 이노상의 어깨를
흔들며 우리가 온 이유를 키룬디어로 설명하라고 시켰다.
이노상은 벌써 편하게 자리 잡고 앉은 의자에서 엉덩이를
드느라 초인적인 노력을 발휘했다. 그는 좀 전에 경찰에
했던 설명을 되풀이해야 하는 게 지겨워 보였지만 결국 단
조로운 말투로 처음부터 사정을 다 밝혔다. 가족은 말없이
그의 얘기를 들었다. 상황을 이해하면서 남자아이의 얼굴
이 일그러졌다. 이노상이 말을 마치자, 이번에는 농부가
사정을 설명하기 시작했다. 우리에게 목숨을 살려 달라고
애원하기라도 하듯 고개를 왼쪽으로 기울이고 양손 손바
닥을 위로 펼친 채였다. 그는 아들에게 자전거를 선물하느
라 큰 희생을 했다고, 오랫동안 저축했다고, 자기들은 정
직한 사람이고 선량한 기독교인이라고 했다. 이노상은 듣
는 것 같지 않고 이쑤시개로 귓속을 긁고는 끝에 붙은
귀지를 대단히 관심 있게 들여다보았다. 도나시앵은 집주
인들의 낭패감에 마음이 안 좋아 차마 아무 말 하지 못했

다. 농부의 이야기가 계속되는데 이노상이 내 곁으로 다가
와 자전거를 붙잡고 트럭 뒤에 실었다. 그는 짜증을 내며
그 집 가족을 향해 그들의 불행에 책임 있는 사람에게 가
서 따지라고, 지금 치비토케의 감옥에 있다고 충고했다.
돈을 돌려받으려면 칼릭스트를 고소하는 수밖에 없다고도
했다. 그러고는 내게 차에 타라고 신호했다. 도나시앵이
내키지 않는 걸음으로 우리를 따라왔다. 그가 해결책을 찾
으려고 머리를 짜내고 있음을 알 수 있었다. 내 옆자리에
앉자, 그는 숨을 깊이 들이쉬었다.

「가브리엘, 제발 부탁이다. 자전거 가져가지 말자. 우리
가 지금 하는 일은 도둑질보다 더 나빠. 우리는 어린애 마
음을 짓밟고 있어.」

「겨우 그런 일로.」이노상이 쏘아붙였다.

「그럼 나는?」나는 기분이 상해 대꾸했다. 「칼릭스트가
내 자전거를 훔쳐 가서 내 마음도 짓밟혔어.」

「당연히 그렇지, 하지만 저 아이에게만큼 네게 이 자전
거가 중하진 않잖니.」도나시앵은 말을 이었다. 「저 애는
아주 가난하고 저 애 아버지는 자전거를 선물하려고 힘들
게 일했어. 우리가 자전거를 가져가 버리면 저 애가 다른
자전거를 가질 기회는 영영 없을 거야.」

이노상이 도나시앵을 쏘아봤다.

「뭐 하는 짓이야? 댁이 무슨 로빈 후드인 줄 알아? 이 집이 가난하니까 제 것도 아닌 재산을 줘야 한다는 거야?」

「이노상, 너와 나도 이런 가난 속에서 컸어. 저들이 절대 돈을 되찾지 못할 거고 결국 몇 년간 저축한 돈을 억울하게 잃을 거라는 걸 우리는 알잖아. 어떻게 될지 아주 잘 알잖아, 이 친구야.」

「난 당신 친구가 아냐! 그리고 충고 한마디 하지. 이 사람들을 동정하지 마. 이런 외진 지역에서는 너 나 할 것 없이 죄다 거짓말쟁이고 도둑이야.」

「가브리엘.」 도나시앵이 다시 나를 보고 말했다. 「사장님께는 자전거를 못 찾았다고 말씀드리면 되고 그러면 새것을 사주실 거야. 이건 우리만 아는 작은 비밀이 될 거고, 선한 일을 하기 위해서니 하느님도 용서하실 거다. 가난한 아이를 돕기 위해서니까.」

「거짓말을 하겠다는 거야?」 이노상이 말했다. 「댁이 믿는 선량한 하느님은 거짓말을 금하는 줄 알았는데? 가브리엘을 내버려 둬, 죄책감을 불어넣지 마. 아무튼 그 꼬마는 농부 나부랭이일 뿐인데 BMX를 갖고 뭘 하겠어? 가자!」

나는 뒤돌아보고 싶지도 백미러를 보고 싶지도 않았다.

우리의 임무는 완료되었다. 우리는 내 자전거를 찾았다. 이노상 말대로, 나머지는 우리 알 바가 아니었다.

몇 분 뒤 도나시앵이 경고했던 대로 차가 진창에 빠지자 그는 환난의 시대, 이기적인 인간들, 최후의 날에 관한 『성경』 구절들을 암송했고, 낮은 소리로 온갖 겁나는 얘기를 했다. 그의 말에는 하느님이 우리의 악행에 벌을 주는 거라는 속뜻이 담겨 있었다. 돌아오는 길 내내 나는 그와 눈을 마주치지 않으려고 자는 척했다. 우리의 행동을 아무리 정당화하려 해도 내 안에서는 수치심이 점점 커졌다. 집에 도착하자 나는 이노상과 도나시앵에게 내 행동에 속죄하는 의미로 평생 그 자전거에 손대지 않겠다고 선언했다. 이노상은 믿을 수가 없다는 듯 나를 물끄러미 보다가 격분한 목소리로 〈제멋대로인 녀석〉이라 내뱉고는 새 이쑤시개를 사러 구멍가게로 가버렸다. 도나시앵은 내게로 몸을 숙였고, 그의 각지고 커다란 머리가 내 얼굴 몇 센티미터 앞까지 다가왔다. 시큼한 숨결로 그의 위장이 텅 비고 쓰라리다는 걸 알 수 있었다. 차가운 분노가 가득한 그의 눈이 내 영혼 깊숙한 곳까지 뚫어져라 들여다보았다.

「이미 저질러진 죄다, 애야.」 그는 천천히 또박또박 말했다.

9

부줌부라에서 할머니는 웅가가라 OCAF (아프리카 주택
단지 사무국) 2구역의 녹색 초벽으로 둘러싸인 작은 집에
살았다. 할머니의 어머니, 그러니까 내 증조할머니 로잘리,
그리고 아들인 내 삼촌, 생탈베르 고등학교 졸업반인 파시
피크가 같이 살았다. 파시피크 삼촌은 굉장한 미남이었다.
동네 여자들 모두 그를 따라다녔다. 하지만 그가 좋아하는
건 만화, 기타, 노래뿐이었다. 엄마만큼 목소리가 아름답
진 않았지만 호소력이 놀라웠다. 그는 로맨틱한 프랑스 가
수들, 라디오에서 줄곧 나오는 사랑과 슬픔, 그리고 사랑
의 슬픔을 노래하는 가수들에 빠져 있었다. 그가 그런 곡
을 부르면 노래는 그의 것이 되었다. 그는 눈을 감았다가
찡그렸다가 눈물을 흘렸고 그러면 온 가족이, 프랑스어를
한마디도 못 알아듣는 로잘리 증조할머니까지 조용해졌

다. 우리는 꼼짝 않고, 아니면 항구의 물에 떠 있는 하마들처럼 귀 끝만 움직이며 귀를 기울였다.

OCAF의 이웃들은 주로 르완다인이었고 그들은 살육, 학살, 전쟁, 박해, 숙청, 파괴, 방화, 체체파리, 약탈, 아파르트헤이트, 강간, 살인, 앙갚음 등등을 피해 제 나라를 떠나왔다. 엄마와 엄마의 가족처럼, 그들은 그런 문제들을 피해 온 부룬디에서 새로운 문제들과 마주쳤다. 빈곤, 소외, 외국인 쿼터, 외국인 혐오, 배척, 속죄양, 우울증, 망향, 향수 등이었다. 난민들의 어려움이었다.

내가 여덟 살 되던 해 르완다에서 전쟁이 발발했다. CE2[14]에 막 올라갔을 때였다. 우리는 RFI[15]를 통해 반군 — FPR, 즉 르완다 애국 전선을 칭하는 거였다 — 이 르완다를 기습했다는 소식을 들었다. 르완다 애국 전선의 군대는 우간다, 부룬디, 자이르 등 인접 국가들에서 온 르완다 난민들 — 엄마와 파시피크 삼촌 세대였다 — 로 이뤄져 있었다. 그 소식을 듣고 엄마는 춤추고 노래했다. 그렇게 행복한 모습의 엄마는 한 번도 본 적 없었다.

엄마의 기쁨은 오래가지 않았다. 며칠 후 우리는 알퐁스

---

14 프랑스 교육 과정 중 하나로 〈초급 과정 2〉를 뜻한다.
15 프랑스 국제 방송 라디오 채널.

삼촌의 죽음을 전해 들었다. 알퐁스 삼촌은 엄마의 오빠로 집안의 장남이고 할머니의 자랑거리였다. 명석한 사내였다. 유럽과 아메리카의 최고 명문 대학들에서 물리 화학 학위를 딴 엔지니어였다. 내게 수학 공부를 가르쳐 주고 기계 기술자가 되겠다는 소망을 불어넣어 준 게 알퐁스 삼촌이었다. 아빠는 삼촌을 무척 좋아했고, 이렇게 말했다. 「알퐁스 열 명만 있으면 부룬디는 금세 싱가포르처럼 될 거야.」 알퐁스 삼촌은 게으름뱅이처럼 느긋한 태도인데도 반에서 1등이었다. 언제나 농담하고 소란을 피우고 우리 겨드랑이를 간지럽히고 엄마의 목덜미에 입 맞춰 짓궂게 괴롭혔다. 그리고 알퐁스 삼촌이 웃으면 할머니 집 작은 거실 벽이 온통 기쁨으로 덧칠되었다.

알퐁스 삼촌은 누구에게도 알리지 않고, 편지 한 장 남기지 않고 전선으로 나갔다. 르완다 애국 전선에서 그의 학위들은 아무것도 아니었다. 그들에게 그는 남들과 다를 바 없는 군인이었다. 그는 거기서 용감하게, 알지 못하는, 가보지도 못한 나라를 위해 죽었다. 그는 거기서, 진흙탕 속에서, 카사바밭의 전장에서, 숫자 셀 줄 모르고 읽을 줄도 쓸 줄도 모르는 사람처럼 죽었다.

술이 좀 많이 들어가면 알퐁스 삼촌은 난민 세대가 느끼는 우울한 기분에 사로잡혔다. 어느 날 무슨 예감이라도 든 것처럼 그는 자기 장례식 이야기를 했다. 어릿광대와 곡예사가 있고 중앙 시장처럼 색색의 파뉴[16]가 있고 불 뿜는 재주꾼과 태양의 기도가 있는 성대한 축제였으면 좋겠다고, 우중충한 진혼곡과 「시므온의 노래」[17]와 우울한 얼굴은 사양이라고 말했다. 알퐁스 삼촌의 장례식 날, 파시피크 삼촌은 기타를 들고 그에게 가장 좋아하는 노래를 불러 주었다. 퇴역 군인이 전쟁의 부조리함을 비난하는 내용이었다. 겉으로는 우습고 속 깊은 곳은 슬픈, 알퐁스 삼촌과 꼭 닮은 노래였다. 하지만 파시피크 삼촌은 노래를 끝까지 부르지 못하고 목소리에서 힘이 빠졌다.

이번에는 파시피크 삼촌이 전쟁에 나가기로 결심했다. 그는 할머니에게 그 얘기를 했다. 일요일이었던 그날 아침, 미사를 보고 돌아와 식탁에 앉자마자 엄마는 곧장 그 얘기를 꺼냈다.

「파시피크, 너 때문에 걱정이야. 키메니 선생님이 어머

16 pagne. 다양한 색에 화려한 무늬가 염색된 한 장의 천을 몸에 두르거나 묶어 입는 아프리카 전통 의상. 천 자체를 가리키기도 하며, 의복 형태로 재단된 것도 통틀어 부른다.
17 장례식에서 자주 쓰이는 성가.

니께 연락하셨어. 너 학교에 안 가는 거야?」

「내 동기 르완다 애들은 전부 전선에 나갔어. 나도 준비 중이야, 누나!」

「기다려야 해. 평화 협정에 결실이 있을 거야. 열흘 전 키갈리의 외제비 이모네 갔었는데, 그들은 희망을 품고 있고 정치적인 방법으로 상황이 해결될 거라고 여겨. 제발 참고 기다려!」

「극단주의자들은 전혀 믿을 수가 없어. 르완다 정부는 국제 사회를 눈속임하면서 내부적으로는 계속해서 민병대를 무장시키고, 미디어를 통해 폭력을 부추기고, 학살과 표적 암살을 자행해. 정치가들은 증오의 연설을 늘어놓으면서 국민에게 우리를 해치우라고, 우리를 냐바롱고강에 던지라고 호소하지. 우리도 뭉쳐야 해. 평화 협정이 실패할 경우 싸울 채비를 갖춰야 해. 우리의 생존이 달린 일이야, 누나.」

할머니들은 아무 말 하지 않았다. 엄마는 눈을 감고 관자놀이를 문질렀다. 근처 라디오에서 성가가 흘러나왔다. 접시에 포크 부딪치는 소리가 들렸다. 가벼운 산들바람이 창문 커튼을 흔들었다. 더위 때문에 파시피크 삼촌의 아름다운 피부가 엷은 땀에 덮여 번들거렸다. 쇠고기 조각을 씹느라 그의 턱 근육이 수축했고 나는 식탁에 둘러앉은 이들이 말하지 않는 것, 아나가 토마토소스에서 꺼낸 파리들 만큼이나 확실히 존재하는 것을 짐작해 냈다. 알퐁스 삼촌 의 죽음이었다.

점심 식사를 마치고 할머니는 모두 가서 한숨 자라고 명 했다. 평소처럼 나는 파시피크 삼촌의 방, 엄마가 어렸을 때 쓰던 방에서 낮잠을 잤다. 창문은 없고 작은 방 양쪽에 야전 침대 두 개가 있을 뿐이었으며 빨갛게 칠한 전구가 벗겨진 전깃줄에 매달린 채 포스터로 뒤덮인 녹색 벽에 음 산한 빛을 던졌다. 파시피크 삼촌은 침대 밑판 스프링 바 로 위에서 잤는데, 전선에서 생활할 때의 험한 환경에 익 숙해지기 위해서라고 했다. 아침이면 그는 일찍 일어나 르 완다 젊은이 몇 명과 함께 호숫가에서 훈련했다. 그들은 호숫가를 따라 모래밭을 달렸다. 굶주림과 궁핍의 감각을 몸에 익히려고 며칠 동안 강낭콩 한 줌만 먹기도 했다.

나는 침대에 누워 전날 내가 자전거를 되찾아 온 남자아 이의 모습을, 그리고 하느님이 하시는 일, 자기 헌신, 희생, 그 밖에 끔찍한 죄책감을 들게 하는 것들에 관한 도나시앵 의 도덕적 설교를 떠올렸다……. 그 전날부터 나는 내가 이기적이고 거만하다고 느꼈고, 그 일이 부끄러웠고, 단지 내 것을 되찾아 오길 바랐을 뿐인데 피해자에서 학대자가 되었다. 암울한 생각들을 떨치기 위해 누군가와 이야기하고 싶었다. 나는 속삭였다.

「삼촌, 자?」

「으음……」

「삼촌은 신을 믿어?」

「뭐라고?」

「신을 믿어?」

「아니, 난 공산주의자야. 난 민중을 믿지. 이제 날 내버려 둘래!」

「삼촌 침대 위의 달력에 있는 사람은 누구야?」

「프레드 르위게마, 르완다 애국 전선의 지도자야. 영웅이지. 그 덕분에 우리가 싸우는 거야. 그는 우리에게 자부심을 되찾아 줬어.」

「그러면 그 사람하고 같이 싸우게 되는 거야?」

「그는 죽었어. 공격 초반에.」

「아……. 누가 죽었는데?」

「넌 궁금한 것도 많다, 꼬마야. 자렴!」

파시피크 삼촌은 금속 삐걱거리는 소리를 내며 벽 쪽으로 돌아누웠다. 나는 낮잠 시간에 결코 자지 않았고 낮잠이 도대체 왜 필요한지 이해할 수 없었다. 밤잠만으로도

나는 기운 차리기에 충분했다. 그래서 시간이 가기만 기다
렸다. 어른이 집 안을 돌아다니는 소리가 들릴 때에야 비
로소 일어나도 좋았다. 매트리스에서 떠나도 된다는 신호
가 될 첫 번째 기척을 감지하려 소리 하나하나에 귀 기울
였다. 때로는 두 시간을 기다려야 했다. 거실로 통하는 방
문이 반쯤 열려 빛이 조금 들어왔다. 벽에 붙은 포스터들
을 살펴보았다. 잡지에서 뜯어낸 페이지들을 풀로 대충 붙
여 둔 거였다. 엄마가 어릴 때 좋아했던 스타들이 파시피
크 삼촌의 스타들과 나란히 붙어 있었다. 마이클 잭슨과
장피에르 파팽[18] 사이에 프랑스 갈[19]이 있고, 부룬디의 장
폴 2세가 티나 터너의 다리와 지미 헨드릭스의 기타 위에
겹쳐 있고, 케냐 치약 광고가 제임스 딘 포스터 위에 덮여
있었다. 시간을 때우기 위해 침대 밑에 굴러다니는 파시피
크 삼촌의 만화책을 주워 들 때도 있었다. 〈알랭 슈발리
에〉, 『스피루』 잡지, 〈탱탱〉, 〈라앙〉…….

집 안이 움직이기 시작하면 나는 서둘러 침대에서 빠져
나와 로잘리 증조할머니에게 갔다. 매일 오후 로잘리 증조
할머니는 같은 의식을 치렀다. 뒷마당에서 돗자리에 앉아

18 프랑스의 축구 선수.
19 프랑스의 가수.

80

식물성 상아[20]로 된 담배쌈지를 열고 담배를 집어 나무 파이프에 채운 뒤 성냥불을 댕기고는, 눈을 감고 신선한 담배의 첫 향을 조금씩 들이마셨다. 그런 다음 비닐봉지에서 사이잘삼이나 바나나나무 잎을 꺼내 컵 받침이나 원뿔 모양 바구니를 만들었다. 로잘리 증조할머니의 수공예 작품은 시내에서 팔려, 할머니의 얼마 안 되는 간호사 봉급과 엄마가 이따금 보태 주는 돈으로 근근이 꾸려 가는 집안 살림에 약간의 부수입이 되어 주었다.

로잘리 증조할머니의 백발 섞인 회색 머리칼은 꼬불꼬불해서 요리사 모자처럼 머리 위로 곤추서 있었다. 그래서 로잘리 증조할머니의 두상은 길쭉해 보였는데, 머리를 지탱하는 가느다란 목과는 어울리지 않아 꼭 럭비공이 바늘 위에 아슬아슬하게 얹힌 것 같았다. 로잘리 증조할머니는 1백 살에 가까웠다. 할머니는 독일 식민주의자들에게, 이후에는 벨기에 식민주의자들에게 저항하고 기독교로 개종하기를 거부해 외국에 유배된 어떤 왕의 일생 이야기를 들려주곤 했다. 왕국이며 백인 신부들이 나오는 그런 시시한 이야기에 나는 좀처럼 흥미가 생기지 않았다. 나는 하품했

---

20 흔히 상아야자라 불리는 특정 야자나무 종의 배젖으로, 상아처럼 하얗고 몹시 단단하여 다양한 세공품을 만드는 데 쓰인다.

고 파시피크 삼촌은 화가 나서 내 호기심 없는 태도를 꾸짖었다. 엄마는 자기 아이들은 프랑스인이고, 르완다 이야기로 아이들을 지루하게 할 건 없다고 대꾸했다. 파시피크 삼촌은 몇 시간이고 로잘리 증조할머니의 이야기를 들었다. 옛날의 르완다, 군대의 용맹한 공훈, 전원시, 찬양 시, 인토레[21] 춤, 부족들의 계보, 도덕적 가치…….

할머니는 엄마가 우리에게 키냐르완다어를 쓰지 않는다고 탓했고, 키냐르완다어가 망명 중에도 정체성을 지키게 해준다고, 그렇지 않으면 우리는 결코 훌륭한 바냐르완다, 즉 〈르완다 출신인 자〉가 될 수 없다고 했다. 엄마는 그런 논리에는 콧방귀도 뀌지 않았다. 엄마에게 우리는 백인 아이들이었고, 피부가 약간 캐러멜색이긴 하지만 그래도 백인이었다. 우리가 키냐르완다어로 몇 마디 하기라도 하면 엄마는 곧장 우리 억양을 놀렸다. 그런 분위기였으니 르완다에, 르완다의 왕정, 암소들, 산들, 달들, 젖과 꿀, 삭은 꿀술에 당연히 나는 관심조차 없었다.

오후가 끝나 갔다. 로잘리 증조할머니는 옛 시절, 이상화된 르완다에 관한 세피아빛 추억을 계속 이야기했다. 무

---

21 intore. 르완다와 부룬디의 남성들이 추는 전통 춤으로, 〈영웅들의 춤〉이라고도 불린다. 원래 투치족 군인들이 추는 전쟁의 춤이었다.

싱가왕처럼 타국에 유배되어 죽고 싶지는 않다고 로잘리 증조할머니는 거듭 말했다. 자기 땅에서, 조상들의 나라에서 세상을 떠야 한다고 했다. 로잘리 증조할머니는 부드럽게, 천천히, 시타 연주자처럼 음률을 타며, 나직한 속삭임으로 말했다. 백내장 때문에 할머니의 눈은 파래졌다. 눈에는 언제나 당장이라도 뺨으로 흘러내릴 듯 눈물이 몇 방울 고여 있었다.

파시피크 삼촌은 로잘리 증조할머니의 말을 흠씬 들이켰다. 고개를 가만가만 흔들며 할머니의 옛이야기에 몸을 맡겼다. 그는 로잘리 증조할머니에게 다가가 뼈가 앙상하고 얄팍한 작은 손을 잡고 박해는 끝날 거라고, 이제 고향으로 돌아갈 때라고, 부룬디는 그들 조국이 아니라고, 난민 신세가 영원히 지속되지는 않을 거라고 속삭였다. 노인은 과거에, 잃어버린 조국에 집착했고, 젊은이는 그에게 제 미래를, 차별 없이 모든 르완다인을 위한 새롭고 현대적인 나라를 약속했다. 그럼에도 둘이 하는 말은 똑같았다. 조국으로 돌아가기. 한 사람은 역사에 속했고 또 한 사람은 역사를 만들어야 했다.

더운 바람이 우리를 감싸고 한순간 우리를 휘감다가 멀리 불어 갔고, 소중한 약속들도 함께 가져갔다. 하늘에는 첫 별들이 수줍게 반짝였다. 별들은 저 아래 땅에 있는 할머니 집의 작은 마당을, 우리 가족이 그 안에서 인생이 안겨 줄 듯한 꿈과 희망을 나누는 망명의 집을 지켜보았다.

10

　처음에는 지노 생각이었다. 그는 우리 패거리에 이름을 붙이고 싶어 했다. 우리는 오랫동안 궁리했다. 삼총사를 떠올렸지만 우리는 다섯 명이었다. 쌍둥이는 〈다섯 손가락〉이나 〈세상에서 제일 좋은 친구들〉 같은 촌스러운 이름만 내놓았다. 지노는 미국식 이름에 마음을 뒀다. 그때는 학교에서 미국풍이 유행이어서, 다들 툭하면 〈쿨〉이라는 단어를 쓰고, 절뚝거리며 걷고, 별난 머리 모양을 하고, 헐렁한 옷을 입고 농구를 했다. 하지만 지노가 그런 생각을 떠올린 건 무엇보다도 토요일마다 「소리를 넘어서」라는 텔레비전 방송에 나오던 미국 그룹 〈보이즈 투 멘〉 때문이었다. 우리는 괜찮다고 생각했는데, 그 그룹에는 부룬디 사람이 있었고 그에게 경의를 표하는 의미가 되기 때문이었다. 사실 확실하지는 않았지만 부줌부라 특유의 소문에 따르면 보이즈 투 멘의 키 크고 마른 멤버가 브위자 혹은 냐카비가 출신이라고 했는데, 물론 어떤 기사로도 확인된 바 없는 정보였다. 지노가 〈키나니라 보이즈〉라는 이름을 바란 또 다른 이유는 우리가 이 거리의 새로운 왕임을 단언하고 이 동네를 지배하는 건 우리이며 다른 누구도 제법을 내세울 수 없음을 보여 주기 위해서였다.

막다른 골목은 우리가 가장 잘 아는 구역이었고 우리 다섯 명 다 거기 살았다. 쌍둥이네 집은 우리 집 맞은편, 골목 입구 왼쪽으로 첫 번째 집이었다. 쌍둥이는 아버지가 프랑스인이고 어머니는 부룬디인이었다. 부모님은 비디오테이프 대여점을 운영했는데 미국 코미디 영화와 인도 사랑 영화가 주를 이뤘다. 오후에 장대비가 쏟아질 때면 우리는 그 집에 모여 텔레비전 앞에 죽치고 있었다. 몰래 성인 영화를 볼 때도 있었지만 별로 재밌진 않았다. 아르망만이 눈이 튀어나올 듯 화면을 바라보며 개가 사람 다리에 몸을 비비듯 베개에 몸을 비벼 댔다.

아르망은 막다른 골목 맨 끝 하얀 벽돌집에 살았다. 부모님이 둘 다 부룬디인이라 그 애는 우리 패거리에서 유일하게 흑인이었다. 아르망의 아버지는 체격이 좋고 구레나룻을 길렀는데, 구레나룻은 하나로 합쳐져 콧수염을 이룰 정도로 길어서 눈과 코를 둘러쌌다. 그는 아랍권 담당 부룬디 외교관이었고 국가 수장 여러 사람과 개인적인 친분이 있었다. 아르망은 침대 머리맡에 어렸을 때 사진을 붙여 놓았는데, 아기 옷을 입은 채 카다피 대령[22]의 무릎에 앉아 있는 모습이었다. 아버지가 자주 여행을 다녔기 때문에 아르망은 주로 어머니와 누나들과 함께 지냈다. 그들은 미소 짓는 모습을 한 번도 보인 적이 없는, 심사 뒤틀린 완고한 교회쟁이들이었다. 집안은 꽉 막히고 엄격했지만 그래도 아르망은 춤추며 인생을 재미나게 살기로 마음먹었다. 그 애는 아버지를 두려워했다. 그는 집에 돌아오기만 하면 아이들에게 권위를 세우려 들었다. 한번 안아 주지도, 다정한 말을 해주지도 않았다. 한 번도! 따귀 한 방 날리고는 급히 트리폴리나 카르타고로 향하는 비행기에 올라탔다. 그 결과 아르망은 이중인격이 되었다. 집에서의 모습과 거리에서의 모습. 앞면과 뒷면.

그리고 지노가 있었다. 지노는 모임의 맏형이었다. 한 살 하고도 9개월 손위였다. 그는 우리와 같은 학년에 있으려고 일부러 유급했다. 어쨌든 그가 말하는 낙제의 이유는 그랬다. 지노의 집은 막다른 골목 중간의 빨간 대문이 달

---

22 리비아의 독재자로, 1969년부터 2011년까지 장기 집권 했다.

린 오래된 식민지풍 저택이었고, 그는 아버지와 함께 살았다. 아버지는 벨기에인이고 부줌부라 대학의 정치 사회학과 교수였다. 어머니는 우리 엄마처럼 르완다 사람인데, 우리는 한 번도 본 적 없었다. 지노는 어떤 때는 어머니가 키갈리에서 일한다고 했고 어떤 때는 유럽에 갔다고 했다.

우리 친구들은 틈만 나면 옥신각신했지만 말할 나위도 없이 서로 형제처럼 사랑했다. 오후에 점심을 먹고 나면 우리 다섯은 동네 빈터 한가운데 버려진 낡은 폴크스바겐 콤비로 향했다. 차 안에서 우리는 수다 떨고, 웃고, 몰래 슈퍼매치 담배를 피우고, 지노가 하는 놀라운 얘기들과 쌍둥이의 허풍을 들었고, 아르망은 우리에게 제가 할 줄 아는 믿기 어려운 기행을 선보였다. 양쪽 눈꺼풀을 뒤집어 안쪽을 보여 주거나, 혀로 코를 핥거나, 엄지손가락을 뒤로 젖혀 팔에 닿게 하거나, 앞니로 병마개를 따거나, 매운 고추를 와작와작 씹어 눈도 깜빡이지 않고 삼키는 짓 등이었다. 폴크스바겐 콤비 안에서 우리는 계획을 세우고, 일탈을 모의하고, 놀러 갈 생각을 했다. 두근거리는 가슴으로 우리는 인생이 우리를 위해 마련한 즐거움과 모험을 마음껏 꿈꾸고 상상했다. 요컨대 막다른 골목 빈터의 은신처에서 우리는 평온하고 행복했다.

그날 오후 우리는 망고를 따려고 동네로 나섰다. 우리는 돌을 던져 나무에서 망고를 떨어뜨리는 수법은 그만뒀는데, 어느 날 아르망이 돌을 너무 멀리 던져 제 아버지 메르세데스의 차체를 훼손했기 때문이었다. 그의 아버지는 잊지 못할 만큼 심하게 혼쭐을 냈다. 막다른 골목 맨 끝에서 루몽게 거리까지 허리띠 휘두르는 소리에 맞춰 그의 비명이 울려 퍼졌다. 그 사건 이후 우리는 낡은 자전거 튜브로 긴 장대 끝에 철사 갈고리를 고정했다. 장대들은 전체 길이가 6미터가 넘어 우리는 손 닿기 힘든 곳에 있는 망고도 딸 수 있었다.

포장도로를 걸어가는 동안 자동차 운전자 몇 명이 우리의 우스운 꼴을 보고 욕했다. 맨발에 웃통을 벗은 채였고, 장대는 땅에 질질 끌리고, 티셔츠는 보따리가 되어 딴 망고들을 싸고 있었으니 우스꽝스러운 모습이긴 했다.

아르망 부모님의 친구인 듯한 우아한 여성이 우리 앞을 지나갔다. 배를 홀랑 내놓고 발은 먼지투성이인 아르망을 알아보고 그는 하늘을 보더니 성호를 그었다. 「하느님 맙소사! 빨리 옷 입어라, 애야. 꼭 길거리 부랑아 같구나.」 이따금 어른들은 너무 웃겼다.

막다른 골목으로 돌아오자 우리는 폰 고첸 씨네 정원에

열린 큼직한 망고에 마음이 끌렸다. 도로 쪽에서 장대로 몇 개 따는 데 성공했지만 제일 먹음직스러운 것들은 너무 멀리 있었다. 담장에 기어 올라가야 했는데 우리는 폰 고첸 씨와 마주치기가 무서웠다. 그는 약간 미친 나이 많은 독일인인데, 석궁을 수집했고 한번은 자기 집 정원사의 식사에 오줌을 누어 감옥에 간 적이 있었으며 — 정원사가 감히 봉급을 올려 달라고 했기 때문이었다 — 또 한번은 자기 집 보이[23]를 냉동고에 가두어 감옥에 갔는데, 바나나 플랑베를 태웠다는 이유에서였다. 그의 아내는 한결 얌전하면서 더 심한 인종 차별주의자였고 매일 메리디앵 호텔에서 골프를 쳤으며 부줌부라 승마 동아리의 회장이었다. 거기서 그는 자기 말을 돌보는 데 시간을 쏟았는데, 윤기 흐르는 검은색의 근사한 순종 말이었다. 폰 고첸 씨네 집은 막다른 골목에서 제일 아름다웠고 유일한 이층집에 수영장도 있었지만 우리는 웬만하면 피했다.

그 맞은편, 쌍둥이네 집 뒤는 에코노모풀로스 아주머니의 집으로, 그리스인 노부인인 그는 아이는 없지만 닥스훈트를 십여 마리 키웠다. 암컷 닥스훈트들이 발정기일 때 동네 개들이 야밤에 드나드느라 파둔 구멍 덕분에 우리는

---

23 boy. 식민지에서 현지 주민인 하인을 지칭하는 비하적 표현.

울타리 밑을 기어 그 집에 들어갈 수 있었다. 그늘진 정원
에는 커다란 망고나무뿐 아니라 분명 부룬디에서 유일했
을, 열매가 가득 열린 포도나무들도 있었고 꽃들도 많았다.

아르망과 내가 포도송이를 슬쩍하고 지노와 쌍둥이가
탐스러운 망고를 따는데, 에코노모풀로스 아주머니의 하
인이 노발대발하면서 머리 위로 빗자루를 휘두르며 왔다.
그는 닥스훈트 우리를 열었고 개들이 쫓아오기 시작했다.
우리는 다시 울타리 밑을 빠져나와 있는 힘껏 도망쳤다.
서두르는 통에 아르망의 반바지가 철조망에 걸려 찢어졌
다. 맨살이 한 줄 드러난 그의 궁둥이를 보고 우리는 15분
은 족히 웃어 댔다. 그런 다음 우리는 에코노모풀로스 아
주머니네 집 대문 앞을 서성였다. 그가 매일 같은 시각에
시내에서 돌아오며, 우리를 보면 기뻐하리라는 걸 알았다.

작은 빨간색 라다를 타고 에코노모풀로스 아주머니가
돌아오자, 우리는 우리 망고를 팔려고 차 문으로 몰려갔다.
그의 망고라고 하는 편이 옳겠지만……. 그는 열 개 정도
를 샀고, 그러는 동안 하인이 대문을 열었고, 우리는 1천
프랑짜리 지폐를 주머니에 챙겨 달아났다. 하인은 화가 머
리끝까지 나서 빗자루를 내던지며 우리에게 키룬디어로
욕했지만 우리는 이미 멀리 달아나 있었다.

우리는 나머지 수확물을 가지고 폴크스바겐 콤비로 돌아와 망고를 포식했다. 게걸스러운 잔치였다. 과즙이 턱, 뺨, 팔, 옷, 발에 흘러내렸다. 윤기 흐르는 열매를 빨고, 베어 물고, 발라 먹었다. 껍질 안쪽을 싹싹 긁고, 훑고, 씻었다. 잇새에 섬유질 많은 과육이 남았다.

배가 차고, 과즙과 과육을 질리게 먹어 숨이 가쁘고 배가 불룩해지자 우리 다섯은 폴크스바겐 콤비의 먼지투성이 좌석에 푹 기대 고개를 뒤로 떨구었다. 손은 먼지투성이고, 손톱은 시커멓고, 웃음은 헤프고, 마음은 달콤했다. 망고 사냥꾼들의 휴식이었다.

「무하강에 놀러 갈까?」아르망이 말을 꺼냈다.

「싫어, 그보다 항해 센터에 낚시하러 가자!」지노가 말했다.

「국제 고등학교 운동장에서 축구하는 게 어때?」쌍둥이가 대꾸했다.

「스위스 꼬마네 가서 아타리[24] 게임 하지 않을래?」내가 말했다.

「관둬, 걘 꼴통이야! 팩맨 한 판 하는데 5백 프랑 달라고 하잖아!」

결국 우리는 무하강을 따라 걸어서 항해 센터까지 가기

24 미국의 비디오 게임 회사.

로 했다. 그야말로 모험이었다. 한번은 폭포를 만나 하마터면 쌍둥이가 끝장날 뻔했다. 우기에는 흐름이 거셌다. 항해 센터 앞에서 우리는 대나무 발로 낚싯대를 만들고 물고기를 유인할 구더기와 밀가루를 샀다. 판매자는 아시아인 동네의 오만 사람이었는데 늘 강변에 어슬렁거렸다. 사람들은 그를 닌자라고 불렀는데, 그가 시간 날 때마다 상대도 없이 가라테 동작을 연습하며 보이지 않는 적 수천과 싸우듯 고함을 지르기 때문이었다. 어른들은 그가 무도 자세를 취하는 걸 보며 미쳤다고 했다. 우리, 아이들이 보기에는 그의 행동이 어른들이 하는 일보다 더 정상적이고 더 좋았다. 군대 행진을 조직하거나, 겨드랑이에 디오더런트를 뿌리거나, 날이 더운데 넥타이를 매거나, 어둠 속에 앉아 밤새도록 맥주를 마시거나, 끝도 없이 자이르 룸바 노래를 듣는 일 등보다 말이다.

우리는 항해 센터 식당 앞 강둑에 자리 잡았다. 몇 미터 떨어진 곳에서 하마 한 무리가 한창 짝짓기 중이었다. 바람이 강하게 불어 호수에 하얗게 잔물결이 일었고 바위 발치의 물거품은 비누 거품 같았다. 지노가 물에 오줌을 누기 시작했다. 그는 오줌 멀리 누기 대회를 열자고 했다. 하지만 아무도 할 마음이 없었다. 쌍둥이는 할례의 상처에서 겨우 회복한 참이었다. 아르망은 그 부위에 관해서는 부끄럼을 타는 편이었고, 다른 넷이 안 하겠다는 걸 보니 나도 기가 꺾였다.

「물러 터진 겁쟁이들, 숙맥들, 썩은 염소 고기 조각 같은 자식들!」

「집어치워, 지노. 자이르까지 오줌 싸지 그래. 모부투가 대통령 특수 부대를 보내 네 불알을 자를 테니까.」

「난 말이지, 프랑시스가 한 번만 더 우리 구역에 어슬렁 거리는 걸 보면 그 녀석 불알을 자르고 싶어.」 지노가 여전히 최대한 멀리 오줌을 누며 말했다.

「또 시작이군! 걔 얘기 안 한 지 오래도 됐지. 누가 보면 네가 걔한테 반한 줄 알겠다.」

「키나니라는 우리 동네야! 그 좆같은 자식한테 뜨거운 맛을 보여 줄 거야!」 지노는 바람을 마주하고 양팔을 활짝 벌리며 소리쳤다.

「큰소리 그만 쳐, 넌 아무것도 못 할걸. 악어처럼 입만 잘 열지!」

프랑시스는 열셋이나 열넷 정도의 나이 많은 애였다. 지노와 우리 패거리의 제일가는 원수였다. 문제는 프랑시스가 우리 다섯을 합친 것보다 세다는 점이었다. 하지만 덩치가 좋지는 않았고, 그렇기는커녕 철사 같았다. 죽은 나무처럼 바싹 말랐다. 그런데도 그는 도저히 이길 수 없을 것 같았다. 그의 팔다리는 상처와 화상 자국이 여기저기 그어진 덩굴 같았다. 어떤 부위는 피부밑에 철판이라도 들어 있어 고통에 무감각한 게 아닌가 싶었다. 하루는 그가 아르망과 나를 붙잡아 방금 매점에서 산 조조 껌을 빼앗으려 했다. 나는 벗어나려고 그의 정강이를 세게 걷어찼지만 그는 꿈쩍하지 않았다. 그래서 나는 굳어 버렸다.

프랑시스는 나이 든 삼촌과 함께 지냈고 막다른 골목에서 거리 하나 반밖에 안 떨어진 무하 다리 앞, 이끼로 뒤덮인 음산한 집에 살았다. 그의 집 정원 깊숙이 강이 흘렀고 강물은 아프리카비단뱀처럼 갈색이고 끈적거렸다. 그의 집 앞을 지날 때면 우리는 배수로로 숨었다. 그는 우리를 미워했고 우리가 부잣집 애들, 엄마 아빠가 있고 오후 4시면 간식을 먹는 애들이라고 했다. 부줌부라 최고의 거친 남자로 이름을 날리는 게 꿈인 지노는 그 때문에 몹시 열받았다. 프랑시스는 자기가 예전에 마이보보, 즉 길거리 부랑아였고 응가가라와 브위자의 갱들과 아는 사이라고 했다. 그들은 각각 〈상 제셰크〉와 〈상 데페트〉[25]라는 이름의 갱단이었고 성실한 시민들의 돈을 갈취해 얼마 전부터 신문에 오르내리고 있었다.

　다른 애들에겐 차마 말하지 못했지만 나는 프랑시스가 무서웠다. 지노가 막다른 골목을 지키기 위해 주먹다짐과 싸움을 벌여야 한다고 주장하는 게 나는 그리 달갑지 않았는데, 친구들이 그의 말에 점점 넘어가는 게 보였기 때문이었다. 나 역시 조금은 그랬지만 나는 바나나나무 줄기로 배를 만들어 무하강을 타고 내려가거나, 쌍안경으로 국제 고등학교 뒤쪽 옥수수밭의 새들을 관찰하거나, 동네 돌무화과나무들 속에 오두막집을 짓고 아메리카 원주민과 서부에 관한 파란만장한 모험 놀이를 하는 게 더 좋았다. 우리는 막다른 골목 구석구석을 다 알았고 평생 우리 다섯이 함께 거기 머무르고 싶었다.

　아무리 생각해 보아도 우리 의견이 갈리기 시작한 순간이 언제였는지 기억나지 않는다. 그때부터 한편에는 우리, 다른 편에는 프랑시스 같은 적들이 있게 되었으니 말이다. 기억을 아무리 샅샅이 뒤져도 정확히 어느 순간이었는지 떠올릴 수가 없다. 더 이상 우리가 지닌 얼마 안 되는 것들

25 순서대로 〈실패 없다(sans échec)〉, 〈패배 없다(sans défaite)〉라는 뜻.

을 나누는 데 만족하지 않기로 한 것이, 타인을 신뢰하지 않고 위험으로 보기로 한 것이, 동네를 요새로 삼고 우리 골목을 울타리로 둘러 외부 세상과 보이지 않는 경계선을 그은 것이 언제였는지.

　여전히 나는 스스로에게 묻는다. 친구들과 내가 두려워하기 시작한 것은 언제였는지.

11

산의 능선 뒤로 해가 지는 순간만큼 감미로울 때는 없다. 황혼과 더불어 저녁의 선선함과 시시각각 변하는 따스한 빛이 온다. 그 시간에는 리듬이 변한다. 사람들은 마음 편히 일터에서 돌아오고, 야경꾼들은 일을 시작하고, 이웃들은 대문 앞에 자리 잡고 앉는다. 두꺼비와 귀뚜라미 들이 울기 전 고요한 시간이다. 축구 경기를 시작하거나, 친구와 함께 배수로 위 담장에 앉아 있거나, 귀를 바싹 대고 라디오를 듣거나, 이웃집을 방문하기에 더없이 좋은 순간이다.

지루한 오후가 마침내 천천히 멀어지며 저물고, 내가 지노네 집 차고 앞 향긋한 플루메리아 아래서 지노를 만나자무, 즉 야경꾼의 돗자리 위에 함께 엎드려 있는 건 그 사이의 시간, 그 피곤한 순간이었다. 우리는 지직거리는 작은 라디오로 전선 소식을 들었다. 지노는 잡음을 줄이려고 안테나를 조정했다. 그는 정성스럽게 문장 하나하나를 내게 통역해 주었다.

르완다 전쟁이 며칠 전 재개되었다. 파시피크 삼촌은 결국 기타를 남겨두고 군장을 짊어졌다. 르완다 애국 전선은 우리의 자유를 되찾아 주는 중이라고 지노는 자랑스레 선언했다. 그는 아무것도 하지 않고 앉아만 있다고 투덜거렸고, 우리는 겁쟁이이며 우리도 싸우러 가야 한다고 했다. 소문에 따르면 우리같이 부모님 중 한쪽만 르완다인인 사람들도 출정했다고 했다. 개중에는 카도고, 그러니까 열두 살이나 열세 살짜리 소년병도 있다고 지노는 단언했다.

지노, 우리가 제집 정원에서 잡는 땅거미를 무서워하고 멀리서 천둥소리가 들리면 납작 엎드리는 내 친구, 그 지노가 제 키보다 큰 칼라시니코프 자동 소총을 들고 비룽가 산의 안개 속에서 게릴라전을 벌이고 싶어 했다. 그는 나뭇가지로 피가 날 때까지 피부를 긁어 팔뚝에 르완다 애국 전선을 뜻하는 〈FPR〉를 새겼다. 피부에 흉터가 져 불룩 튀어나온 모양으로 세 글자가 남았다. 지노도 나처럼 어머니만 르완다인이었지만, 키냐르완다어를 완벽하게 구사하고 자기가 누군지 정확히 알았기에 나는 남몰래 그 애가 부러웠다. 아빠는 열두 살짜리 어린애가 어른들 대화에 끼어드는 걸 보고 짜증을 냈다. 하지만 지노에게는 정치가 비밀이 아니었다. 대학교수인 그의 아버지는 늘 그에게 시사 문제에 관한 의견을 묻고, 『죈 아프리크』의 이런 기사나 『르 수아르』의 저런 기사를 읽어 보라고 조언했다. 그래서 지노는 어른들이 하는 얘기를 언제나 알아들었다. 그게 그 애의 핸디캡이었다.

지노는 내가 아는 친구들 중 유일하게 아침 식사 때 설탕 없이 블랙커피를 마시고 RFI의 라디오 방송을 내가 비탈오 클럽[26] 경기를 듣는 것만큼이나 흥미진진하게 듣는 애였다. 우리 둘만 있으면 그는 내게, 제 말로 〈정체성〉이라는 걸 획득해야 한다고 주장했다. 그의 말로는 내가 익혀야 할, 존재하고 느끼고 생각하는 어떤 방식이 있다고 했다. 그는 엄마와 파시피크 삼촌과 같은 말을 했고 여기서 우리는 난민에 불과하다며 우리의 고향 르완다로 돌아가야 한다고 거듭 말했다.

내 고향? 그건 여기였다. 물론 나는 르완다인 어머니의 아들이었지만, 내 실제는 부룬디, 프랑스 학교, 키나니라, 막다른 골목이었다. 그 외는 존재하지 않았다. 그럼에도

26 부룬디 부줌부라를 연고지로 하는 프로 축구단.

알퐁스 삼촌이 죽고 파시피크 삼촌이 싸우러 나가면서 나도 나 역시 그 사건들과 연관되어 있다고 생각하게 되었다. 하지만 두려웠다. 내가 그런 이야기를 하는 걸 보고 아빠가 보일 반응이 두려웠다. 내 작은 세상의 질서를 엉망진창으로 무너뜨리고 싶지 않았기에 두려웠다. 전쟁에 관한 일이었고, 내 마음속에서 그건 불행과 슬픔일 수밖에 없었기에 두려웠다.

그날 저녁 우리는 라디오를 들었고 밤이 느닷없이 닥쳤다. 우리는 집 안으로 들어갔다. 지노네 집 거실 벽은 그야말로 동물 사진 전시장이었다. 지노의 아버지는 사진광이었다. 주말이면 그는 모자에 반소매 셔츠에 반바지에 샌들 차림으로 루부부 국립 공원에 야생 동물 사진을 찍으러 갔다. 그런 다음 빛을 차단한 욕실에서 필름을 현상하고 인화했다. 집에는 치과 진료실 같은 냄새가 진동했는데, 암실에서 쓰이는 화학 약품 악취와 그의 아버지가 몸에 지나치게 많이 뿌리는 향수 냄새가 뒤섞여 풍겼다. 그의 아버지는 유령이었다. 눈에는 보이지 않았지만 몸에 밴 고약한 자벨수 냄새와 타자기 소리 때문에 그가 있음을 짐작할 수 있었다. 그는 평생 그 타자기를 두들기며 강의를 준비하고 정치 서적을 집필했다. 지노의 아버지는 질서와 청결을 사랑했다. 커튼을 걷거나 식물에 물을 줄 때처럼 뭘 할 때면 그는 말했다. 〈자, 이제 됐다!〉 그리고 하루 종일 머릿속으로 자기가 마친 일에 체크 표시를 하며 중얼거렸다. 〈일 하나 잘 해치웠다!〉 그는 팔뚝의 털을 일정한 방향으로 빗질했다. 수도사처럼 머리 가운데가 휑하니 비어서 옆머리를 탈모 부위 위로 빗어 넘겨 눈가림했다. 넥타이를 매는 날은 오른쪽, 나비넥타이를 매는 날은 왼쪽이었다. 그리고 그 덮은 머리카락의 길이를 아주 세심하게 다듬어, 은폐되지 않은 참호처럼 훤히 드러난 가르마를 한 줄 남겼다. 동네에서 그의 별명은 〈코닥〉이었는데, 사진광이어서가 아니라 기름기 많은 머리카락에 비듬[27]이 수두룩했기 때문이었다.

제집에 가면 지노는 더 이상 익살스럽지 않았고, 농담하거나 지껄이거나 트림하거나 내 머리를 제 엉덩이 사이에 처박고 방귀를 뀌려 들지도 않았다. 그는 사랑에 빠진 복슬강아지처럼 내 뒤를 쫓아다니며 내가 변기 물을 제대로 내렸는지, 변좌에 몇 방울 튀기지는 않았는지, 거실의 자잘한 장식품들을 제자리에 놓았는지 확인했다. 아버지의 결벽증이 그에게도 옮아 집 안은 싸늘하고 냉랭했다.

27 프랑스어 단어 pellicule은 비듬과 필름을 모두 뜻한다.

그날 밤은 열대야였는데도 지노네 집 방들에는 극지방 바람 같은 냉기가 감돌았고 지노도 그걸 알았다. 몇 분 후 우리는 서로 마주 보았고 둘 다 그의 집에서 마음이 편치 않음을 느꼈다. 우리는 주저 없이 형광등의 창백한 빛을 떠나 밤나방들이 도마뱀붙이들에게 잡아먹히도록 내버려 두고, 지노 아버지의 올리베티 타자기가 내는 거슬리는 소음에서 멀어져 마음 편한 밤을 되찾으러 갔다.

　막다른 골목은 2백 미터 길이의 끝이 막힌 길로 흙과 자갈로 된 비포장길이었는데, 한가운데에 아보카도나무들과 그레빌레아 관목들이 있어 자연스레 두 갈래로 나뉘었다. 부겐빌레아로 이루어진 울타리 틈새로 과일나무와 야자나무가 심긴 정원 한복판에 자리한 세련된 집들이 눈에 들어왔다. 배수로를 따라 자란 레몬그라스는 은은한 향을 발해 모기를 쫓았다.

　둘이서 막다른 골목을 거닐 때면 우리는 친구답게 손을 잡고 서로 이야기를 털어놓길 좋아했다. 친구들 중 내가 이따금 수줍음을 무릅쓰고 속마음을 털어놓을 수 있는 건 지노뿐이었다. 부모님이 헤어진 일에 관해 나는 새로운 의문들을 품고 있었다.

　「넌 어머니가 그립지 않니?」

「곧 만날 거야. 엄마는 키갈리에 계셔.」

「지난번에는 유럽에 계신다고 하지 않았어?」

「그랬지, 하지만 돌아오셨어.」

「너희 부모님은 헤어졌어?」

「아니, 진짜 헤어진 건 아냐. 그저 같이 살지 않을 뿐이지.」

「더 이상 서로 사랑하지 않는 거야?」

「아니야. 왜 나한테 그런 걸 묻니?」

「같이 살지 않으니까. 그건 부모님이 더 이상 서로 사랑하지 않아서 그러는 것 아냐?」

「너희 부모님은 그렇겠지, 가비. 난 아냐······.」

우리는 천천히 구멍가게 창살에 걸린 방풍 램프의 창백한 빛에 가까워졌다. 식품점이 된 그 컨테이너 앞에서 나는 에코노모풀로스 아주머니가 우리에게 주었던 1천 프랑에서 남은 돈을 꺼냈다. 우리는 팁 톱 비스킷 한 갑과 조조 껌을 샀다. 꽤 많은 돈이 남았으므로 지노가 막다른 골목 쑥 들어간 곳, 시들시들한 봉황목 아래 있는 카바레에서 맥주를 사겠다고 했다.

카바레는 부룬디에서 가장 중요한 시설이었다. 민중의

광장. 길거리의 라디오. 국가의 맥박. 동네마다, 거리마다 그런 불빛 없는 작고 허름한 오두막이 있었고, 사람들은 어둠을 틈타 따뜻한 맥주를 마시러 와서 땅에서 몇 센티미터 떨어진 자리에, 술병 상자나 등받이 없는 의자에 불편하게 앉아 있었다. 카바레는 술꾼들에게 남의 눈에 띄지 않고 있으면서 누군지 알아채이지 않고 대화에 끼거나 끼지 않을 수 있는 호사를 선사했다. 다들 서로 아는 이 작은 나라에서, 카바레는 자유롭게 이야기하고 속내를 솔직히 내보일 수 있는 유일한 장소였다. 거기서는 기표소에 있을 때와 똑같은 자유를 누렸다. 그리고 한 번도 투표해 본 적 없는 국민에게 제 목소리를 낸다는 것은 중요했다. 대단하신 브와나든 평범한 보이든 카바레에서는 높고 낮음 없이 마음을, 머리를, 뱃속을, 아랫도리를 자유롭게 표현했다.

지노가 프리무스 두 병을 주문했다. 그는 거기 가서 정치 이야기 듣기를 좋아했다. 작은 판잣집의 물결 진 양철 처마 밑에 앉아 있던 우리는 몇 명이나 되었을까? 누구도 알지 못했고 중요한 일도 아니었다. 어둠이 우리를 캄캄하게 뒤덮었고 여기저기서 말소리만 두서없이 솟아났다가 금세 유성처럼 꺼졌다. 발언 한 차례마다 침묵이 영원처럼 오래 지속되었다. 그러다가 새로운 목소리가 무(無)에서 솟아나 차오르다가 다시금 점점 작아지며 침묵이 되어 잦아들었다.

「내가 단언하는데, 민주주의는 좋은 겁니다. 국민이 마침내 제 운명을 결정하게 됐어요. 이번 대통령 선거에 기뻐해야 합니다. 우리에게 평화와 발전을 가져다줄 거요.」

「난 그 말에 반대요, 동포 양반. 민주주의는 백인들의 발명품이고 그 유일한 목적은 우리를 분열시키는 겁니다. 단일당을 포기한 건 우리의 실수였소. 백인들이 현재 수준에 다다르기까지는 수백 년이 걸렸고 수없이 많은 분쟁을 겪었죠. 지금 그들은 우리에게 몇 달 만에 같은 결과를 이룩하길 요구해요. 우리 지도자들이 어떻게 생겨났고 어떤 결과를 가져올지도 잘 모르는 개념을 갖고 위험천만한 모험을 하는 게 아닌지 난 겁이 납니다.」

「나무에 오를 줄 모르는 자는 땅바닥에나 있는 거죠.」

「아직도 목이 마르는데…….」

「우리는 전통적으로 왕을 숭배하는 문화였소. 하나의 우두머리, 하나의 당, 하나의 국가! 이게 바로 우리 국가 표어가 말하는 통합이죠.」

「개가 암소가 될 수는 없는 법이니까.」

「이 지랄 맞은 목마름이 도저히 채워지지 않아…….」

「그건 겉보기만의 통합이죠. 우리는 민중에 대한 숭배를 발전시켜야 합니다. 그것만이 지속적인 평화를 진정으로 보증하는 거요.」

「정의 실현이 선결되지 않는다면 민주주의의 필수 바탕인 평화가 아예 불가능한 건 아닐지 난 두렵소이다! 1972년에 우리 형제 수천 명이 학살당했고 그에 대해 단 한 건의 재판도 없었어요.[28] 아무 조처도 취해지지 않는다면, 결국 아들들이 제 아버지들의 복수를 하게 될 거요.」

「헛소리! 과거를 들추지 맙시다, 미래는 앞으로 나아가는 거니까. 종족주의, 부족주의, 지역주의, 반목에 죽음을!」

「알코올 의존도!」

「목말라, 목말라, 목말라, 목말라, 목말라, 목말라…….」

「형제들, 하느님은 그분의 아들과 골고다 언덕까지 함께하셨듯 우리의 길에 함께하십니다.」

「바로 그거야, 알겠어. 그 여자 때문에 목이 마른 거야. 맥주 한 병 더 해야겠어.」

「백인들은 그들의 마키아벨리적 계획을 성공시킬 거요.

28 투치족이 대다수인 군대와 정부가 1972년에 주로 교육받은 엘리트 계층의 후투족을 계획적으로 살해하고 숙청한 사건을 말한다.

그들은 우리에게 그들의 신을, 그들의 언어를, 그들의 민주주의를 전염시켰소. 오늘날 우리는 그들을 찾아가 치료받고 우리 아이들을 그들 학교에 보내 교육하지. 흑인들은 모두 미쳤고 망했소…….」

「그 망할 년은 내 모든 걸 가져가겠지만 내 목마름을 없애 주진 않겠지.」

「우리는 비극의 장소에 살고 있소. 권총 형상을 한 아프리카에. 이 명백한 사실에 대해서는 어쩔 도리가 없어요. 방아쇠를 당깁시다. 안으로든 밖으로든, 아무튼 쏩시다!」

「달걀이 암탉에게서 나오듯 미래는 과거에서 나오는 거요.」

「맥주! 맥주! 맥주! 맥주! 맥주! 맥주! 맥주! 맥주! 맥주! 맥주!」

우리는 말없이 뜨거운 프리무스를 마시며 거기 잠시 더 있었고, 나는 지노에게 귓속말로 가보겠다고 속삭였다. 술기운이 올라 내 옆의 그림자가 지노가 맞는지 확실하지 않았다. 돌아가야 했다. 아빠가 걱정하실 터였다. 나는 어둠 속에 막다른 골목을 걸어 집에 돌아왔다. 약간 휘청거렸다. 나뭇가지에서 부엉이 우는 소리가 내려왔다. 머리 위 하늘은 비어 있었고, 어둠 속에서 아직도 한밤의 말소리들이 내게까지 들렸다. 카바레의 주정뱅이들은 지껄이고, 듣고, 맥주병을 따고, 생각을 풀어놓는다. 그들은 서로 대체 가능한 영혼, 입 없는 목소리, 흐트러진 심장 박동이다. 밤의 희미한 그 시간, 사람들은 사라지고 나라만이 남아 저 혼자 말한다.

12

프로데뷔. 위프로나.[29] 1993년 6월 1일 대통령 선거에서 맞붙은 두 대형 정당의 이름이었다. 위프로나가 30년간 단일 집권 한 이후 이뤄지는 선거였다. 하루 종일 들리는 소리라곤 그 두 단어뿐이었다. 라디오에서, 텔레비전에서, 어른들 입에서. 아빠는 우리가 정치에 관여하길 바라지 않았으므로 그 이야기가 나오면 나는 다른 곳에 가서 들었다.

온 나라에서 선거 유세는 축제 같은 분위기였다. 위프로나 지지자들은 빨간색, 하얀색 티셔츠와 챙모자를 차려입고 서로 마주칠 때면 가운데 세 손가락을 쳐드는 신호를 했다. 프로데뷔 지지자들의 색깔은 초록색, 하얀색이었고

---

29 각각 부룬디 민주 전선(FRODEBU, Front pour la démocratie au Burundi), 민족 진보 연합(UPRONA, Union pour le progrès national)을 뜻한다. 프로데뷔는 후투족, 위프로나는 투치족이 지배적이었다.

주먹을 치켜올리는 게 그들의 신호였다. 사방에서, 공공장소와 공원과 경기장에서 사람들은 노래하고, 춤추고, 웃고, 우렁우렁하게 시끄러운 바자회를 열었다. 요리사 프로테는 이제 입만 열면 민주주의라는 말뿐이었다. 언제나 풀죽고 근엄한 표정을 하고 있던 그조차 바뀌었다. 가끔은 부엌에 들어갔다가 말라리아 때문에 야윈 엉덩이를 흔들며 귀에 거슬리는 소리로 노래하는 그와 불시에 맞닥뜨리기도 했다. 〈FRODEBU Komera! FRODEBU Komera!(프로데뷔 잘한다! 프로데뷔 잘한다!)〉 정치가 안겨 준 명랑함을 본다는 건 얼마나 즐거운지! 일요일 아침 축구 경기에 비교할 만한 즐거움이었다. 아빠가 왜 아이들이 그 굉장한 행복, 사람들의 머리칼을 헝클어뜨리고 가슴을 희망으로 부풀리는 그 바람에 관해 말하는 걸 금지했는지 나는 한층 더 이해할 수 없어졌다.

대통령 선거 전날, 나는 집 뒤뜰 부엌 계단에 앉아 개에게서 진드기를 잡아 터뜨려 죽이고 망고파리를 떼어 내고 있었다. 프로테는 표면이 벗겨진 배수구 앞에 쭈그리고 앉아 성가를 흥얼거리며 빨래했다. 큰 대야에 물을 채우고 OMO 세제 상자의 내용물을 부은 후 파래진 물에 빨랫감 더미를 담갔다. 도나시앵은 우리 맞은편 의자에 앉아 자기

구두를 닦았다. 진회색 아바코스트를 입고 머리에 플라스틱 빗을 꽂고 있었다.

이노상은 좀 떨어진 곳, 정원 깊은 안쪽에서 샤워를 했다. 샤워하는 공간의 문 역할을 하는 녹슨 양철판 위아래로 머리와 발이 보였다. 그는 프로테를 약 올리려고 프로데뷔를 조롱하는 노래를 만들어 목청껏 불러 댔다. 〈프로데뷔 망해라, 위프로나가 이긴다네.〉 프로테는 이노상의 귀에 들어가지 않는다는 걸 확인하려고 조심스레 그를 흘끗거리면서 투덜거렸다.

「저 좋을 대로 저 어린애 같은 짓을 계속하라지. 이번에는 그들이 이기지 못할 테니까. 내가 장담한다니까, 도나시엥. 그들은 30년간의 권력으로 눈이 멀었고 그런 만큼 패배는 더욱 쓰라릴 거야.」

「지나치게 자만하면 안 돼, 친구, 그건 죄야. 이노상은 젊고 오만하지만 자네는 지혜로운 모습을 보여야지. 저런 유치한 도발에 정신 뺏기지 말게.」

「자네 말이 맞아, 도나시엥. 그래도 우리가 승리했다는 걸 알았을 때 저 녀석 얼굴을 보고 싶어 안달이 난다니까.」

이노상이 샤워를 마치고 상반신이 맨몸인 채 나와 고양이 같은 걸음걸이로 우리에게 다가왔다. 꼬불꼬불한 머리에 맺힌 물방울이 햇빛에 빛나면서 정수리 한복판이 하얗게 비어 보였다. 그는 프로테 앞에서 걸음을 멈췄고, 프로테는 고개를 수그리고 한층 더 열심히 빨래를 문지르기 시작했다. 이노상은 주머니에 손을 넣어 그 지긋지긋한 이쑤시개를 하나 꺼내서 입안에 던져 넣었다. 우리에게 기세등등함을 보이려고 그는 줄곧 경멸하는 표정으로 프로테의 목덜미를 바라보며 근육에 힘을 주고 포즈를 취했다.

「어이, 거기 너, 보이!」

프로테는 즉각 빨래를 멈췄다. 그는 몸을 쭉 펴고 차디찬 멸시가 담긴 눈으로 이노상의 눈을 똑바로 마주 보았다. 도나시엥은 구두 닦던 손을 멈추었다. 나는 개의 다리를 놓았다. 허약한 프로테가 자기에게 정면으로 맞서자 이노상은 어안이 벙벙해졌다. 프로테의 배짱에 허를 찔려, 그는 결국 약간 당황하여 빈정거리는 미소를 살짝 띠고는 이쑤시개를 바닥에 뱉더니 머리 위로 가운데 세 손가락을 쳐드는 위프로나 손동작을 하며 가버렸다. 프로테는 멀어지는 그를 바라보았다. 이노상이 대문을 지나 사라지자 그는 물이 담긴 대야 앞에 도로 앉아 〈FRODEBU Komera……〉하며 노래를 시작했다.

13

여느 날과 똑같은 아침이었다. 노래하는 수탉. 귀 뒤를 긁는 개. 집 안에 떠도는 커피 향기. 아빠 목소리를 흉내 내는 앵무새. 옆 마당 바닥을 쓰는 빗자루 소리. 근처에서 울리는 라디오 소리. 해바라기를 하는 화려한 색의 도마뱀붙이. 아나가 식탁에서 떨어뜨린 설탕 알갱이를 가져가는 개미의 행렬. 여느 날과 똑같은 아침.

그럼에도 그날은 역사적인 날이었다. 나라 전역에서 사람들은 난생처음 투표하러 갈 채비를 했다. 동틀 녘부터 가장 가까운 투표소로 향하기 시작했다. 갖가지 색의 파뉴를 입은 여자들과 공들여 나들이옷을 차려입은 남자들이 끝없는 행렬을 이루어 대로를 지나갔고, 행복에 겨운 유권자들이 터질 듯 가득 실린 승합차가 줄을 이었다. 축구 경기장, 집 주변, 사방에 인파가 몰렸다. 잔디밭에 투표용 탁자와 기표소가 설치되었다. 나는 울타리 너머로 햇볕 아래 참을성 있게 기다리는 투표자들의 긴 줄을 지켜보았다. 사람들은 침착하고 질서 있었다. 군중 속에는 기쁨을 주체하지 못하는 이들도 몇 있었다. 빨간색 파뉴와 장폴 2세 티셔츠를 입은 나이 든 여자가 춤추며 기표소에서 나왔다. 그는 노래했다. 〈민주주의! 민주주의!〉 한 무리 젊은이들이 몰려가 그를 들어 올리더니 함성을 지르며 헹가래를 쳤다. 축구 경기장 구석구석에서 등에 〈국제 참관인〉이라 쓰인 주머니 많은 조끼를 입은 백인과 아시아인도 눈에 띄었다. 부룬디 국민들은 그 순간의, 이제 열릴 새 시대의 중요성을 잘 알았다. 그 선거는 일당 독재와 쿠데타를 끝냈다. 마침내 모두 자유롭게 자기 대표자를 선택했다. 하루가 저물 무렵, 마지막 투표자들이 떠나자 축구 경기장은 광활한 전쟁터 같았다. 풀밭은 짓밟혔다. 바닥에는 종이가 잔뜩 널려 있었다. 아나와 나는 울타리 밑으로 슬쩍 들어갔다. 몸을 숙이고 기표소들이 있는 곳까지 갔다. 우리는 남은 투표용지를 주워 모았다. 프로데뷔, 위프로나, 인민 화해당PRP의 용지들이 있었다. 나는 그 기억할 만한 날의 추억을 간직하고 싶었다.

다음 날은 기묘했다. 아무것도 움직이지 않았다. 도시는 초조하게 결과를 기다렸다. 집에서는 전화가 쉴 새 없이 울렸다. 아빠는 내가 골목에 나가 친구들을 만나지 못하게 했다. 우리 집 정원은 텅 비고 정원사는 온데간데없었다. 거리를 오가는 차도 몇 대 없었다. 전날의 환희와는 놀랍도록 대조적이었다.

아빠가 낮잠 자는 동안 나는 뒷문으로 빠져나왔다. 아르망과 이야기하고 싶었다. 그 애는 분명 아버지를 통해 뭔가 들었을 게 틀림없었다. 대문을 두드리고 집안일 돌보는 사람에게 아르망을 불러 달라고 했다. 아르망이 나왔고, 아버지가 줄곧 여송연을 피우면서 집 안을 빙글빙글 돌고 있으며 차에 평소보다 설탕을 훨씬 많이 탔다고 했다. 그 집에서도 전화가 끊임없이 울렸다. 아르망은 내게 돌아가라고, 길에서 서성거리지 말라고, 무슨 일이 일어날지 모른다고 충고했다. 염려스러운 소문들이 돌고 있었다.

밤이 되기 조금 전 아빠와 아나와 나, 셋이 거실에 앉아 있는데 누군가가 아빠를 불러 라디오를 켜라고 했다. 날이 어두워졌고 아나는 손톱을 물어뜯고 아빠는 방송국을 찾았다. 마침내 주파수를 맞춘 순간 국영 방송사의 아나운서가 결과 발표가 임박했다고 알렸다. 오래된 테이프에서 나는 잡음이 들리더니 군악대 연주와 더불어 합창단이 요란하게 노래하는 소리가 나왔다. 〈Burundi bwacu, Burundi buhire(우리의 부룬디, 온화한 나라여)…….〉 국가에 뒤이어 내무부 장관이 말했다. 그는 프로데뷔의 승리를 발표했다. 아빠는 그저 담담했다. 담배에 불을 붙였을 뿐이었다.

동네에서는 함성 하나, 경적 하나, 폭죽 소리 하나 없었다. 멀리 언덕 지대 높이에서 고함이 들린 것 같았다. 내 상상이었을까? 우리를 정치에 관여시키지 않으려는 원칙을 고집하기 위해 아빠는 전화를 걸려고 자기 방에 가 틀어박혔다. 나는 문 너머로 엿들었고 내가 이해할 수 없는 말들이 나왔다. 「민주주의의 승리가 아니야, 민족적 본능에 따른 거지……. 아프리카에서 일이 어떻게 돌아가는지 나보다 잘 알잖아, 헌법은 무게가 없어……. 군대는 위프로나를 지지해……. 이런 나라들에서는 군에서 내놓은 후보가 아니면 선거에서 이기지 못해……. 나는 당신처럼 낙관적이지 않아……. 그들은 머지않아 이 모욕의 대가를 치를 거야…….」

우리는 꽤 일찍 저녁 식사를 했다. 나는 양파오믈렛을 만들고, 아나는 파인애플 썬 것과 클라리스 수녀회에서 만든 딸기요구르트를 차렸다. 잠자리에 들기 전 우리는 아빠

방에서 뉴스를 보았다. 화면이 흔들렸다. 채널 수신 상태가 좋지 않았다. 나는 텔레비전 수상기 위의 옷걸이를 움직였다. 피에르 부요야 대통령이 부룬디 국기 앞에 앉아 진중한 목소리로 말했다. 〈나는 대중의 평결을 숙연히 받아들이며 국민 여러분도 그렇게 해주실 것을 당부합니다.〉 나는 즉각 이노상을 떠올렸다. 이어서 새 대통령 멜키오르 은다다예가 화면에 나왔다. 그는 침착했다. 〈부룬디 국민 모두의 승리입니다.〉 그리고 그때 나는 프로테를 떠올렸다. 뉴스 마지막에 군 참모 총장이 발언했다. 〈군은 복수 정당제에 기반한 민주주의를 존중합니다.〉 그때 나는 아빠의 말을 떠올렸다.

이를 닦다가 아나의 비명을 들었다. 황급히 우리 방으로 갔다. 아나는 커튼을 꼭 붙들고 내 침대 위에 서 있었다. 방 한복판 타일 바닥 위로 지네 한 마리가 기어갔다. 아빠가 〈더러운 것!〉이라 외치며 지네를 으스러뜨렸다. 잠자리에 들면서 아빠에게 새 대통령 당선이 좋은 소식이냐고 물었다. 아빠는 말했다. 「두고 봐야지.」

로르에게

대중은 투표했어. 라디오에서 그러는데, 투표 참여율

이 97.3퍼센트래. 그건 아이들, 병원에 입원한 환자들, 감옥에 수감된 자들, 정신 병원의 미친 사람들, 경찰에 쫓기는 악당들, 침대에 눌어붙은 게으름뱅이들, 투표용지를 집을 수 없는 사람들을 빼고 모두라는 뜻이야. 그리고 우리 아빠, 엄마, 도나시앵 같은 외국인, 여기 살고 여기서 일할 권리는 있지만 자기 의견을 표할 권리는 없고, 자기 의견을 표하려면 자기가 온 곳에 머물러 있어야 하는 사람들도 빼고 말이지. 새 대통령은 멜키오르인데 동방 박사와 똑같은 이름이야. 어떤 사람들은 그를 열렬히 지지해. 우리 집 요리사 프로테가 그러고, 그의 말로는 민중의 승리래. 우리 집 운전사 이노상처럼 그를 싫어하는 사람들도 있지만 내가 보기엔 투덜쟁이에 선거에 져서 분한 마음에 그러는 게 분명해.

새 대통령은 진지해 보이고, 태도가 바르고, 탁자에 팔꿈치를 괴지 않고, 말을 끊지도 않아. 단색 넥타이를 매고 잘 다려진 셔츠를 입었고 높임말을 써서 말해. 번듯하고 깔끔하지. 그건 중요해! 왜냐하면 그의 존재를 잊지 않기 위해 앞으로 우리는 온 나라에 그의 초상을 걸어 놔야 할 테니까. 행색이 초라하거나 사팔눈으로 나온 대통령 사진이 정부 부서, 공항, 대사관, 보험 회사, 경찰서, 호텔, 병원, 카바레, 산부인과, 병영, 식당, 미용실, 보육원에 걸려 있다면 골치 아플 테지.

그건 그렇고, 전 대통령의 초상들은 어떻게 했는지 난 정말 궁금해. 버렸을까? 하지만 언젠가 그가 되돌아올 경우를 대비해 보관하는 장소가 있지 않을까?

우리에게 군인 아닌 대통령은 처음이야. 새 대통령은 전임자들보다 머리가 덜 아플 것 같아. 군인 대통령들은 늘 편두통에 시달리거든. 그들은 뇌가 두 개인 셈이야. 전쟁을 해야 하는지 평화를 이뤄야 하는지 결코 알지 못하지.

가비

14

악어는 정원 안쪽 풀밭에 뻗어 있었다. 열 명 남짓한 남자들이 줄과 대나무 막대를 써서 소형 트럭에서 악어를 내려놓고 갔다. 막다른 골목에 발 빠르게 소식이 퍼져 호기심 많은 사람들이 죽은 악어를 둘러싸고 몰려들었다. 검은 동공이 세로로 난, 여전히 뜨인 노란 눈이 구경꾼들을 지켜보는 듯한 기분 나쁜 느낌을 주었다. 머리 꼭대기의 장미꽃 봉오리를 닮은 상처가 치명상의 위력을 알려 주었다. 자크 씨는 자이르에서 일부러 찾아와 단 한 발로 녀석을 쏘아 죽였다. 일주일 전 어느 캐나다인 여행자가 리조트 호숫가에서 호수를 따라 걷다가 악어에게 목숨을 잃었다. 이런 경우 항상 그렇듯 지역 당국은 토벌대를 파견해 복수하는 의미로 악어 한 마리를 해치우게 했다. 아빠와 나는 단순 특별 관객 자격으로 토벌대에 끼었다. 자크 씨는 대형 사냥감 추적에 푹 빠진 백인 몇 명으로 이루어진 팀과 함께 여러 해 전부터 그런 작전을 이끌었다. 우리는 탄약과 조준경 달린 소총들을 싣고 항해 센터에서 배에 탔고 모터보트는 루시지강 하구, 흙탕물인 물줄기가 탕가니카호의 터키석색 물과 합류하는 지점까지 연안을 따라 나아갔다. 우리는 천천히 삼각주를 거슬러 올라갔고 사냥꾼들은 방아쇠에 손가락을 걸고 드문드문 흩어진 하마 떼를 감시하며 줄곧 외톨이 수컷이 달려들까 봐 겁냈다. 모터의 소음은 군집을 이룬 베짜는새의 짹짹거림에 묻혔고 아카시아 가지들에 베짜는새 둥지들이 축 늘어져 매달려 있었다. 남자들은 윈체스터 소총을 손 닿는 곳에 두고 햇볕에 눈을 찡그린 채 쌍안경으로 주변을 살폈다. 자크 씨는 조준경을 통해 모래사장에 있는 악어를 발견했다. 악어는 주둥이를 쩍 벌리고 오후 시작 무렵의 일광욕을 즐기고 있었다. 이집트물떼새 한 마리가 녀석의 이빨을 꼼꼼히 청소했다. 자크가 총을 쏘자 물가 갈대밭 위로 고니오리 한 떼가 날아올랐다. 총격은 나무가 부러지는 메마른 소리를 냈다. 휴식 중에 거꾸러진 녀석은 거의 움직일 짬조차 없었다. 턱이 서서히 닫혔다. 이집트물떼새는 마지막 인사를 하듯 잠시 제 친구 둘레를 깡충깡충 뛰다가 다른 악어의 주둥이를 청소하러 멀리 날아갔다.

　궁금해하던 사람들이 떠나자 우리는 악어를 벌렁 눕혔
고 자크 씨는 차근차근 악어를 해체했다. 그는 고깃점을
비닐봉지에 담았고 프로테는 그걸 차고의 대형 냉동고에
정리해 넣었다. 그러는 새 빠르게 밤이 되었고 준비된 건
아직 아무것도 없었다. 정원사가 도나시앵을 도와 테이블
과 의자 들을 꺼내 왔다. 이노상은 바비큐를 할 숯불을 가
져왔다. 지노는 돌무화과나무에 걸린 초롱들에 불을 붙이
고 아빠는 정원에 전축을 설치하려고 연장 코드를 풀었다.
아나는 테이블 아래 나선형 모기향을 두는 일을 맡았다.
특별한 저녁이었다. 내 열한 번째 생일 파티였다!

　울타리 밖으로 음악이 흘러 나가기 시작하자 다시금 이
웃들이 모여들었다. 술꾼들은 공짜 술을 얻어 마실 기대에
부풀어 예외적으로 골목 카바레를 저버렸다. 정원은 금세
떠들썩한 대화 소리로 가득 찼고 극저음 스피커의 웅웅대
는 소리가 뒤섞였다. 끝없이 오고 가는 사람들 사이에서,
기분은 축제 같고 눈물은 웃음이 되는 달빛 아래 즉흥적으
로 마련된 식당 한가운데서 나는 기쁨에 넘쳤다.

　여름 방학의 시작이었고, 시작이 좋았다. 나는 로르에게

소식을 받았다. 〈안녕, 가비! 나는 사촌들과 동생과 함께 바다에서 아주 신나게 지내고 있어. 편지 고마워, 네가 쓰는 글은 참 우스워. 방학 동안 날 잊지 마. 다음에 또 봐. 입맞춤을 담아, 로르.〉

엽서 뒷면에는 방데가 담긴 작은 사진이 여러 장 들어 있었다. 누아르무티에의 성, 생장드몽의 대형 아파트, 노트르담드몽의 해변, 생틸레르드리에 바다의 줄지어 선 바위들. 나는 그 엽서를 수십 번 읽고 또 읽었고 언제나 로르에게 남다른 한 사람이 된 듯한 특별한 기분을 느꼈다. 로르는 자기를 잊지 말라고 했고, 내가 그 애를 생각하지 않은 날은 단 하루도 없었다. 다음번 편지에서 나는 그 애가 내게 얼마나 소중한지 말하고, 살면서 처음으로 누군가에게 내 감정을 표현할 수 있을 것 같은 기분이 들었다고, 평생 그 애에게 편지를 쓰고 언젠가는 프랑스에 가서 직접 만나기까지 희망한다고 쓰고 싶었다.

방학 초의 다른 좋은 소식은 부모님이 몇 달의 냉전 끝에 다시 대화하게 되었다는 거였다. 내가 6학년에 진급한 일을 두 분이 함께 축하해 주었다. 부모님은 〈우리는 네가 자랑스럽단다〉라고 말했다. 부부임을, 재결합을 뜻하는 〈우리〉였다. 희망이 가득했다!

파시피크 삼촌은 르완다에서 전화를 걸어 내 생일을 축하해 주었다. 평화 협정이 재개되었다고, 잘 지내고 있다고, 우리가 보고 싶다고, 이 성대한 파티를 함께하고 싶다고 말했다. 그는 르완다에 도착해 불같은 사랑에 빠진 사람과 약혼한 참이었다. 하루빨리 가족에게 소개하고 싶다고 했다. 약혼자의 이름은 잔이고, 파시피크 삼촌 말로는 아프리카 대호수 지역[30]에서 가장 아름다운 사람이라고 했다. 그는 전화로 비밀을 하나 털어놓았다. 전쟁이 끝나면 그는 가수가 되어 자기만의 사랑 노래들을 쓰고 미래 배우자의 아름다움을 칭송할 거라고 했다.

내 주위에선 일들이 잘 풀려 나갔고, 삶은 차츰 제자리를 찾아갔고, 그날 밤 나는 내가 사랑하고 나를 사랑하는 이들에 둘러싸여 있는 행복을 음미했다.

자크 씨가 우리 집 넓은 테라스에 앉아 아연실색한 청중에게 악어 사냥 이야기를 들려주었다. 어깨를 으쓱대고, 가슴을 부풀리고, 벨기에 남부식 억양의 r를 강조하며 말했다. 그는 영화배우 같은 몸짓으로 권총집에서 권총을 뽑듯 주머니에서 은제 지포 라이터를 꺼내 담배에 불을 붙이

30 동아프리카 지구대 주변, 빅토리아호와 탕가니카호를 포함해 많은 호수가 있는 지역.

고는 입술 한쪽으로 무심하게 물고 있었다. 그런 태도는 에코노모폴로스 아주머니에게 제대로 먹혀들었고, 그는 자크 씨의 카리스마와 허세에 홀딱 넘어갔다. 에코노모폴로스 아주머니가 자크 씨에게 늘어놓는 칭찬을 자크 씨는 희희낙락 받아들였고, 자크 씨의 농담에 웃음을 터뜨리자 아주머니는 사랑에 빠진 청춘 같은 모습이 되었다. 둘은 좀 더 일찍 서로 알지 못했음을 놀라워하며 부줌부라가 아직 우숨부라라는 이름이었던 그리운 옛 시절 이야기를 몇 시간이나 주고받았다. 그랑 호텔, 파기다 호텔의 무도회와 재즈 오케스트라, 킷 캣 영화관, 도시의 거리를 달리던 〈아름다운 미국 차〉 캐딜락과 쉐보레에 관해, 둘의 열정적인 난초 애호, 먼 유럽의 좋은 포도주, 프랑스 방송 진행자 필리프 드 디윌르뵈와 그의 팀이 잉가 댐에서 미스터리하게 실종된 사건, 니라공고 화산의 폭발과 용암이 분출하던 장관에 관해, 이 지역의 온화한 기후, 호수와 강의 아름다움에 관해…….

프로테는 손님들 사이를 지나다니며 맥주와 악어고기스테이크를 권했다. 이노상은 혐오스럽다는 듯 찡그리며 권유받은 접시를 뿌리쳤다. 「우웩! 악어나 개구리를 먹는 건 백인들과 자이르 사람들뿐이야. 어엿한 부룬디 사람이 오지에 사는 동물을 건드리는 꼴은 평생 못 볼걸! 우린 문명인이거든, 우리는 말이야!」 도나시앵은 악어 기름 범벅인 입으로 명랑하게 대꾸했다. 「부룬디 사람들은 그저 맛을 모르는 거고 백인들은 낭비하는 거지. 예를 들어 프랑스인들은 개구리를 먹을 줄 몰라. 그들은 다리만 먹잖아!」

전축 앞에 서서 아르망이 아나에게 수쿠스[31] 스텝 몇 개를 가르쳤다. 꼬마는 제법 잘했고, 허리께에 파뉴를 두르고 있었는데 몸의 다른 부분은 움직이지 않으면서 엉덩이만 흔드는 데 성공했다. 술꾼들이 박수를 쳤다. 쌍둥이네 부모님이 춤판 한가운데서 벌레들이 몰려든 부분 조명의 빛을 받으며 뺨을 맞댄 채 그들이 만났던 시절, 전설적인 〈그랑 칼레〉[32] 악단의 시대처럼 나른하게 춤을 추었다. 쌍둥이의 어머니는 아버지보다 훨씬 키가 크고 건장했다. 어머니가 춤을 이끄는 동안 아버지는 눈을 감고 꿈꾸는 강아지처럼 입을 오물거렸다. 땀 때문에 그들의 셔츠가 등에 들러붙고 겨드랑이에 둥근 얼룩이 번졌다.

아빠는 쾌활하고 기분 좋아 보였다. 드물게도 넥타이를

---

31 soukouss. 콩고에서 유래한 댄스 음악 장르.
32 현대 콩고 음악의 아버지로 평가되는 가수이자 밴드 리더, 조제프 아타나스 차말라 카바셀레의 애칭.

매고 향수를 살짝 뿌리고 머리를 뒤로 빗어 넘겼는데, 그러자 유혹적인 초록색 눈이 돋보였다. 한편 꽃무늬 모슬린 드레스를 입은 엄마는 광채를 발했다. 엄마가 근처를 지나가면 남자들 눈에 욕망이 이글거렸다. 몇 번인가 나는 아빠가 엄마를 쳐다보는 것도 알아챘다. 아빠는 춤판 언저리에 앉아 아르망의 아버지와 사업이나 정치 이야기를 했는데, 방금 사우디아라비아에서 돌아온 아르망의 아버지는 억지로 따라야 했던 여러 달의 금주 기간을 만회하고 싶은 듯했다. 그 옆에는 아르망의 어머니가 열성 교회 신자 같은 옷차림을 하고 일정한 간격으로 고개를 끄덕이며 눈썹을 치켜올린 채 있었다. 런던 증권 거래소에서의 부룬디산 커피 시세 안정화에 관한 남편의 의견에 찬성하는 건지, 혹은 그날 몇 번째였을지 모를 묵주 기도를 외는 건지 알 길이 없었다.

소형 트럭 보닛에 누워 지노와 쌍둥이에게 둘러싸여 있을 때, 프랑시스가 들어오는 게 보였다. 우리는 보고도 믿을 수 없었다! 그가 대문 안으로 들어오자마자 엄마가 손에 환타를 쥐어 주고 큰 돌무화과나무 아래 플라스틱 의자에 앉으라고 권했다. 지노는 길길이 날뛰기 시작했다.

「가비, 네 눈에도 보이지! 저 새끼 내쫓아야 해! 쟤가 네 생일에 무슨 볼일이라고.」

「그럴 수는 없어, 친구. 아빠가 파티는 동네 사람 모두에게 열려 있다고 했어.」

「프랑시스는 아니지, 망할! 저놈은 우리의 가장 큰 원수라고!」

「어쩌면 재랑 화해할 기회일지도 몰라.」 쌍둥이가 말했다.

「덜떨어진 천치들 같으니.」 지노가 대답했다. 「저 벌레 같은 자식하고 타협은 없어! 저 좆같은 얼굴을 박살 내는 것만이 저놈이 당해 마땅한 일이라고!」

「일단 지금은 아무한테도 나쁜 짓 안 하잖아.」 내가 말했다. 「감시하면서 환타나 마시게 내버려 두자.」

우리는 한순간도 그에게서 눈을 떼지 않았다. 그는 우리를 못 본 척했다. 그러면서도 눈으로 파티장을 훑고, 뜯어보고, 속속들이 살펴보았다. 왼쪽 다리를 초조하게 떨며 위협적인 눈길로 사람들을 쳐다보았다. 그는 일어서서 음료수를 한 병 더 집고 엄마와 짧게 대화를 나누었는데, 엄마는 내 쪽으로 몸을 돌리고 자신이 저 애의 어머니라고 알리는 듯 손가락으로 나를 가리켰다. 그는 이 무리 저 무리 옮겨 다니며 끼어들어 이 사람 저 사람과 자연스럽게 대화할 구실을 찾았고, 지노의 아버지와도 이야기했다.

「믿을 수가 없어, 우리 집 영감과 말하다니! 대체 저 둘이 무슨 얘길 하겠어? 우리 뒤를 캐는 게 분명해, 가비. 우리 친구인 척하는 거야!」

우리는 먼발치에서 그의 꿍꿍이를 관찰했다. 이노상이 그에게 맥주 한 병을 나눠 마시자고 했다. 몇 분 후 그들은 오랜 친구처럼 서로 등을 두드렸다.

이제 자정이 넘었다. 술기운이 오르고 밤이 깊어지자 분위기가 달아올랐다. 프랑스 VSN[33] 젊은이 한 무리가 카바레의 술꾼들 앞에서 웃통을 벗은 채 말뚝박기를 했고 술꾼들은 그 광경에 즐거워했다. 한 청년이, 자기 친구와 스텔라 마투티나[34]에서의 도덕 수업을 논하는 여자 친구의 브래지어를 더듬고 있었다. 이마에 모반이 있어 고르바초프라는 별명이 붙은 흰 수염의 부룬디 노인이 앵무새 새장 앞에 한쪽 다리로 서서 롱사르의 시들을 낭송했다. 아이들 한 떼가 잘 길든 긴꼬리원숭이와 놀았다. 긴꼬리원숭이의 주인은 막다른 골목 주민으로 자칭 피피라는 이름의, 여자 같은 플랑드르 남자인데 늘 파뉴로 된 셔츠와 아프리카식

---

33 병역 의무의 일환으로 파견된 해외 협력 근무자를 말한다.
34 부룬디 부줌부라에 있는 역사가 오래된 초등학교.

부부[35]만 입었다. 부엌으로 통하는 계단에는 빈 술병 상자가 쌓였다. 프로테와 도나시엥이 왔다 갔다 하며 보증금 붙은 공병을 구멍가게에 반환했다.

부모님들 눈을 피해 친구들과 조용한 구석, 정원의 조명 비치지 않는 곳에 숨기 딱 좋은 때였다. 우리는 풀밭에 앉아 담배 몇 대를 나눠 피우고 돌무화과나무에 달린 초롱들 아래 춤판을 눈에 띄지 않게 지켜보았다. 아르망이 고사리 화분 속에 조심스레 숨겨 두었던 프리무스 두 병을 가져왔다.

「망할, 나 뭐 밟았어!」아르망이 말했다.

「으응, 조심해, 그거 악어 사체야.」내가 대답했다.

한 곡에서 다음 곡으로 넘어가는 사이 음악이 멈추자 씹고 삼키는 소리가 들려왔다. 에코노모풀로스 아주머니의 닥스훈트들이 죽은 악어의 나머지 부분을 신나게 먹고 있었다. 녀석들은 어둠 속에서 진수성찬을 즐기고 친구들은 내 열한 번째 생일에 축배를 들었다.

「닥스훈트들이 다른 개들에게 악어를 먹었다고 자랑하며 막다른 골목에서 우쭐거리면서 다니겠군!」지노가 말했다.

35 boubou. 소매가 넓고 헐렁하며 길게 내려오는 옷.

우리 모두 웃음을 터뜨렸지만 아르망만은 누군가가 다가오고 있다는 걸 눈치챘다. 나는 담배를 끄고 손으로 연기를 날렸다.

「거기 누구지?」 나는 물었다.

「나야, 프랑시스.」

「넌 여기 볼일이 없을 텐데.」 지노가 벌떡 일어나며 바로 대꾸했다. 「꺼져!」

「이건 동네 잔치고 나도 이 동네에 살아! 뭐가 문제인지 모르겠는데.」 프랑시스가 말했다.

「아니지, 이 자리는 내 친구 생일 축하 파티고 넌 초대받지 않았어. 그러니까 꺼지라고 했잖아!」

「넌 누구야? 안 보여. 코닥 아들인가? 머리카락 썩은 벨기에인 말이야! 너, 이름이 뭐더라?」

「지노다! 그리고 우리 부모님을 두고 말할 때는 말조심해.」

「부모님이라고? 난 네 아버지 얘기밖에 안 했어. 네 어머닌 어디 있냐? 모두의 부모님을 봤는데 네 어머니만 없더라…….」

「그러니까 그렇게 우릴 염탐하러 온 거로군?」 아르망이 말했다. 「수사 중이십니까, 콜럼보 반장님?」

「이 자리에 넌 필요 없어.」 지노가 계속 말했다. 「당장 꺼져!」

「싫어! 안 가!」

지노가 고개를 숙이고 프랑시스의 배를 박치기로 들이받았다. 어둠 속에서 둘은 배가 갈린 악어에 걸려 넘어졌다. 개들이 짖기 시작했다. 나는 어른들에게 알리러 뛰어가고 아르망은 담배와 맥주를 감췄다. 자크 씨와 아빠가 손전등을 들고 왔다. 악어 내장으로 칠갑을 한 프랑시스와 지노를 간신히 떼어 놓자, 우리는 프랑시스가 싸움을 걸어 왔다고 몰아세웠다. 아빠가 그의 옷깃을 붙잡고 밖으로 떠밀었고, 그러자 망신당한 프랑시스는 대문에 자갈돌을 던지며 대가를 치르게 될 거라고 소리 질렀다. 우리 친구들이 그에게 주먹을 치켜들어 욕하고 바지를 내려 궁둥이를 보여 주자 프랑스인 지원병들의 환호성이 쏟아졌다. 다들 웃던 중 자크 씨가 고함을 질렀다.

「빌어먹을, 내 지포 라이터 어디 갔지? 내 라이터 어디 갔어?」

다들 프랑시스를 떠올렸다.

「저 개자식 잡아라!」 지노가 외쳤다.

아빠가 이노상을 보내 그를 찾아오게 했지만 이노상은

빈손으로 돌아왔다.

사건이 지나가자 파티는 한층 흥겹게 계속되었다. 분위기가 최고조에 달했을 때 별안간 전기가 끊겼다. 1백여 명의 손님이 실망스러운 〈오오〉 소리를 내며 춤을 딱 멈췄다. 그들은 땀범벅이 된 채 손뼉을 치고 발을 구르고 〈가비! 가비!〉 하고 내 이름을 외치며 음악을 돌려주길 요구했다. 다들 성대한 파티를 기대하며 달아올라 있었고, 즐기려는 그들의 격한 열망은 갑작스러운 정전 따위로 잠잠해질 게 아니었다. 누군가가 진짜 악기로 파티를 계속하자는 아이디어를 냈다. 그러자 순식간에 도나시앵과 이노상은 동네에 북을 구하러 가고, 쌍둥이는 저희 아버지의 기타를 가져오고, 프랑스인 한 명이 르노 4L 트렁크에서 트럼펫을 꺼냈다. 비를 예고하는 기분 좋은 바람이 불기 시작했다. 멀리 호숫가에서 나지막이 우르릉대는 소리가 들려오고 천둥소리가 가까워졌다. 그 소리에 몇몇은, 특히 나이 많은 사람들은 걱정스러워했고 폭우가 올 거라며 테이블과 의자 들을 들여놓으라고 권했다. 도나시앵이 기타로 브라카 음악[36]을 즉흥 연주 하여 논의를 중단시켰다. 사람들은 번갯불이

---

36 동아프리카 음악에 뿌리를 두며 기타, 플루트, 타악기를 기조로 한 1940년대 어번 뮤직.

얼룩말 같은 줄무늬를 그리는 밤 속에서 머뭇머뭇 다시 움직이기 시작했다. 주정뱅이들이 포크와 찻숟가락으로 맥주병을 두드려 멜로디에 반주를 넣자 귀뚜라미들이 조용해졌다. 트럼펫이 기타에 합세했고 휘파람 소리와 즐거운 함성이 열렬히 맞이했다. 사람들은 다시금 열기를 더해 가며 춤췄다. 개들이 겁을 먹어 다리 사이로 꼬리를 사리고는 테이블 밑으로 숨었고 몇 초 후 하늘이 폭발했다. 소리, 빛, 돌풍, 투둑투둑 하는 소리. 북소리가 가세하여 리듬에 박차를 가했다. 마음씨 좋은 유령이 우리 몸을 사로잡는 듯한 그 열광적인 음악의 부름에 아무도 저항하지 못했다. 숨 가쁜 트럼펫이 타악기의 리듬을 겨우 따라가려 애썼다. 프로테와 이노상이 함께 팽팽한 북 표면을 두들겼다. 얼굴은 힘쓰느라 일그러지고 번들거리는 이마에는 땀이 잔뜩 흘렀다. 손님들은 박자를 맞춰 손뼉 치고 엇박자로 발을 굴러 마당에 자욱하게 먼지를 일으켰다. 음악은 우리 관자놀이에서 고동치는 맥박만큼 빨라졌다. 치는 소리가 서로 겹쳤다. 바람이 불어 정원 나무들의 우듬지를 흔들었고 나뭇잎의 떨림과 가지의 살랑거림이 느껴졌다. 대기 중에 전기가 떠돌았다. 공기에서 젖은 흙냄새가 났다. 따스한 비가 우리를 덮치려는 차였고, 그러다 너무나 격하게 쏟아져 사람들은 당장 달려가 테이블, 의자, 접시를 그러모으기 시작했고, 바르자 아래로 가 비를 피하며 폭우의 소음 속에서 파티가 사라지는 모습을 지켜보았다. 곧 내 생일도 끝이었고 비 오기 전의 그 순간, 음악이 우리의 심장을 서로 결합하고, 우리들 사이 공간을 채우고, 삶을, 지금을, 내 열한 살의 영원함을 축하하던 그 일시 정지된 행복의 순간을, 나는 여기, 내 어린 시절의 대성당인 돌무화과나무 아래서 마음껏 누렸고, 그때 마음 가장 깊은 곳에서 인생이 결국은 잘되어 갈 것임을 알았다.

15

여름 방학은 실업보다 더 지독하다. 우리는 두 달간 빈둥거리고 맥 빠진 나날에 소일거리로 삼을 일을 찾으며 동네에 머물렀다. 가끔 웃을 일도 있었지만 솔직히 말해 우리는 죽은 왕도마뱀만큼 지루했다. 건기여서 강은 빈약한 물줄기에 지나지 않아 더위를 식힐 수 없었다. 망고는 더위로 시들시들해져 팔 만하지 않았고, 항해 센터는 오후마다 가기에는 너무 멀었다.

개학을 맞아 나는 무척 반가웠다. 아빠는 이제 나를 상급생 출입구 앞에 내려 주었다. 나는 중학교에, 친구들과 같은 학급에 올라갔고 새로운 생활이 시작되었다. 오후 수업이 있는 날도 있었고 자연 과학, 영어, 화학, 조형 예술 같은 새 과목을 접했다. 방학 때 유럽이나 미국에 다녀온 학생들은 최신 유행의 옷과 신발을 걸치고 왔다. 처음에 나는 신경 쓰지 않았다. 하지만 지노와 아르망은 눈을 반짝이며 그런 이야기를 계속했다. 부러움은 집착으로 변했고 결국 나도 전염되었다. 이제부터는 구슬이나 공깃돌이 아닌 옷과 상표가 중요했다. 하지만 그게 있으려면 돈이 필요했다. 많은 돈이. 동네의 망고를 죄다 팔아도 우리는 쉼표 모양 상표가 달린 운동화를 살 수 없을 터였다.

그쪽, 유럽과 미국에 다녀온 아이들은 상점들이 몇 킬로미터나 늘어서 있고 운동화, 티셔츠, 스포츠 저지, 청바지가 넘쳐나더라고 했다. 부줌부라에는 아무것도 없었다. 시내에 있는 신발 가게 바타의 텅 빈 진열장, 아니면 구멍 난 리복 펌프 몇 켤레와 철자가 틀린 유명 상표 제품을 파는 자베 시장의 가판대가 고작이었다. 우리는 그 전까지 없어도 괜찮았던 것들을 갖지 못해 슬펐다. 그리고 그런 감정은 우리를 내면에서부터 바꿔 놓았다. 우리는 가진 아이들을 말없이 미워했다.

내가 전과 달리 상표에 관심을 두고 학교의 몇몇 부자 아이들을 험담하게 된 걸 눈치채고, 도나시앵은 내게 질투는 대죄라고 했다. 도나시앵의 도덕적 가르침은 귀에서 그냥 흘러 나갔고 나는 처음으로 이노상과 이야기하는 게 더 좋아졌다. 그에겐 내가 꿈꾸는 액세서리들을 싼값에 구해

138

다 줄 술책이 있었다. 학교에서는 이제 새로운 기준으로 무리가 이루어졌다. 가진 아이들은 자기들끼리 어울렸다.

아르망은 예외였다. 아르망은 유행하는 옷도 유명 브랜드 향수도 없었지만 남들을 웃겼다. 덕분에 그는 우리를 가르는 보이지 않는 경계선을 넘어 최신 유행 그룹에 받아들여질 수 있었다. 아르망이 운동장 구내식당 근처에서 새로 사귄 친구들과 이야기하는 걸 보고 지노는 속상해했다.

어느 날 밤, 둘이서 플루메리아 아래 야경꾼의 돗자리에 엎드려 얇게 썬 녹색 망고를 굵은소금에 절이다가 그가 말했다.

「아르망은 배신자야. 갠 학교에서 우리한테 말도 안 걸다시피 하다가 막다른 골목에 오면 도로 제일 친한 친구가 되잖아.」

「즐기고 있는 거야, 당연하지. 학기 초부터 파티란 파티에는 다 초대받았는걸. 쌍둥이가 그랬는데 걔는 여자애랑 입에 키스도 했대!」

「설마! 혀도 넣었대?」

「몰라, 하지만 우리가 골목에만 있는 동안 적어도 걔는 재미있게 살잖아. 나도 걔처럼 할 수 있으면 주저 없이 그러겠어.」

「너도 우리 그룹이 부끄러운 거냐?」

「그런 게 아냐, 지노. 너희는 평생 최고의 친구들인걸! 하지만 학교에선 아무도 우릴 중요하게 여기지 않잖아. 여자애들은 우리를 거들떠보지도 않고, 그러니까 너도…….」

「언젠가 그들 눈에도 우리가 보이고야 말 거야, 가비. 그리고 다들 우릴 두려워할걸.」

「대체 왜 남들이 우릴 두려워해야 하니?」

「존경받기 위해서지. 알겠어? 우리 어머니가 거듭 되풀이하는 말씀이야. 존경받아야 해.」

지노가 어머니 얘기를 꺼내는 걸 듣고 놀랐다. 지노는 한 번도 어머니 얘기를 한 적이 없었다. 그의 방 침대 협탁 위에는 파랑, 하양, 빨강으로 테두리가 쳐진, 매주 어머니께 보내는 편지봉투들이 있었다. 하지만 그는 자동차로 몇 시간이면 가는 르완다에 한 번도 간 적이 없고, 어머니가 부줌부라에 오는 일도 없었다. 그는 정치적 상황 때문에 지금은 만날 수 없지만 언젠가 평화가 되돌아오면 키갈리에 있는 커다란 집에 가서 아버지 어머니와 함께 살 거라고 했다. 지노가 나를, 우리 패거리를, 막다른 골목을 떠날 작정이라니 슬펐다. 엄마, 할머니, 파시피크 삼촌, 로잘리 증조할머니처럼 지노도 르완다로 성대히 귀향하기를 꿈꿨

고, 나는 그들을 실망시키지 않으려고 같은 꿈을 꾸는 척
했다. 하지만 나는 아무것도 변하지 않기를, 엄마가 집에
돌아오기를, 삶이 예전처럼 돌아오기를, 그리고 영원히 그
대로이기를 은밀히 기도했다.

그런 생각들에 잠겨 있을 때 우르릉거리는 소리가 울렸
다. 지노의 아버지가 겁에 질린 암양처럼 집에서 뛰쳐나오
더니 우리더러 건물 벽에서 떨어져 자기를 따라 정원 한가
운데로 오라고 외쳤다. 우리는 재미있어하며 일어났고, 그
가 유령이라도 보았나 싶었고, 무슨 일이 있었던 건지 영
문을 모르는 채 따라갔다. 몇 분 후 차고 벽에서 밑까지
쭉 갈라진 깊은 균열을 보고서야 우리는 깨달았다. 땅이
우리 발밑에서 알아채지 못할 정도로 움직인 거였다. 이
나라들, 세계의 이 부분에서 땅은 항상 그랬다. 우리는 아
프리카 대륙 자체가 갈라지고 있는 동아프리카 지구대 축
위에 살았다.

이 지역 사람들도 땅과 똑같았다. 고요해 보이는 겉모습,
미소를 띤 외관과 거창한 낙관주의 담론 뒤에서 보이지 않
는 지하의 힘들이 지속적으로 폭력과 파괴의 계획을 조장
했고, 이는 불리한 바람처럼 연이어 주기적으로 돌아왔다.
1965년, 1972년, 1988년. 음산한 유령이 일정한 간격으로

찾아와 사람들에게 평화는 전쟁과 전쟁 사이 짧은 한동안에 지나지 않음을 일깨웠다. 유독한 용암, 피의 홍수가 다시금 표면으로 떠오를 준비를 하고 있었다. 우리는 아직 알지 못했지만, 불바다의 시간을 알리는 소리는 이미 울렸고 밤은 제가 거느린 하이에나와 리카온[37] 떼를 풀어놓았다.

37 아프리카들개.

16

얕은 잠을 자다가 누군가 머리를 건드리는 걸 느꼈다.
처음에는 쥐들이 내 곱슬머리를 갉아 먹는 줄 알았다. 아
빠가 온 집 안에 쥐덫을 설치하기 전에 그런 일이 있었다.
그러다가 속삭이는 소리가 들렸다. 「가비, 자?」 아나의 목
소리에 나는 잠이 깼다. 나는 눈을 떴다. 우리 방은 어두컴
컴했다. 왼손으로 커튼을 잡아당겼다. 창문 모기장을 통해
들어오는 달빛이 동생의 겁먹은 얼굴을 비췄다. 「무슨 소
리야, 가비?」 나는 무슨 말인지 몰랐다. 밤은 고요했다. 내
게는 우리 방 위편 가천장에 앉은 부엉이 울음소리만 들렸
다. 나는 일어나 앉아 기다렸고, 둔탁한 소리가 연거푸 울
렸다. 「총소리 같은데…….」 아나는 내 침대로 파고들어 내
게 다가붙었다. 폭발음과 기관총 발포음에 이어 불안한 정
적이 이어졌다. 집에는 아나와 나, 둘뿐이었다. 아빠는 얼

마 전부터 외박이 잦았는데 이노상 말로는 자기 집 뒤쪽 거리, 브위자의 서민 동네에 사는 젊은 여자네 자주 드나든다고 했다. 그 말에 나는 슬퍼졌다. 엄마와 아빠가 다시 이야기하게 된 후로 부모님 사이가 전처럼 좋아지리라는 희망을 품고 있었기 때문이다.

손목시계의 조명 버튼을 누르자 문자반이 새벽 2시를 알렸다. 폭발음이 한 번 날 때마다 아나는 내게 한층 찰싹 달라붙었다.

「무슨 일일까, 가비?」

「나도 몰라…….」

총격은 아침 6시쯤 멎었다. 아빠는 여전히 돌아오지 않았다. 우리는 일어나서 옷을 입고 책가방을 챙겼다. 프로테도 집에 없었다. 우리는 테라스에 아침 식사를 차렸다. 나는 차를 준비했다. 앵무새가 새장 안에서 공중제비를 돌았다. 나는 집 안에 누구라도 있나 찾아보았다. 사람 그림자도 보이지 않았다. 야경꾼조차 자리에 없었다. 우리는 아침밥을 먹고 식탁을 치웠다. 아나를 도와 머리를 매만져 주었다. 여전히 집에는 아무도 없었다. 나는 대문 앞에서 기다렸는데, 집안일 돌보는 사람들이 나와야 했을 시간이었다. 하지만 아무런 기척도 없었다. 우리는 현관 계단에 앉아 이노상이나 아빠가 오기를 기다렸다. 아나는 책가방에서 수학 공책을 꺼내 구구단을 외우기 시작했다. 집 앞 도로에는 행인도 차도 없었다. 무슨 일일까? 다들 어디 간 걸까? 근처에서 클래식 음악이 들렸다. 목요일인데 동네는 일요일 아침보다 더 조용했다.

마침내 자동차 한 대가 다가왔다. 나는 파제로의 경적을 알아듣고 뛰어가서 대문을 열었다. 아빠는 심각한 얼굴에 눈 밑에 그늘이 져 있었다. 아빠는 차에서 내려 우리에게 괜찮냐고 물었다. 나는 고개를 끄덕였지만 아나는 아빠가 밤새 우리끼리만 놔둔 게 원망스러워서 토라진 얼굴을 했다. 아빠는 급하게 거실로 가 라디오를 켰다. 밖에서 들리는 것과 똑같은 클래식 음악이 나왔다. 아빠는 손으로 이마를 짚고 되풀이했다. 「빌어먹을! 빌어먹을! 빌어먹을!」

나중에 나는 쿠데타가 일어났을 때 라디오에서 클래식 음악을 내보내는 게 전통이었음을 알게 되었다. 1966년 11월 28일 미셸 미콤베로의 쿠데타 때는 슈베르트의 「피아노 소나타 21번」, 1976년 11월 9일 장바티스트 바가자 때는 베토벤의 「교향곡 7번」, 1987년 9월 3일 피에르 부요야 때는 쇼팽의 「볼레로 C장조」였다.

1993년 10월 21일이었던 그날 우리에게 주어진 곡은 바

그녀의 「신들의 황혼」이었다. 아빠는 굵은 사슬과 자물쇠 여러 개로 대문을 잠갔다. 그러고는 우리에게 집 밖으로 나가지 말고 창가에서 멀리 떨어져 있으라고 일렀다. 그런 다음 잘못 날아온 총탄에 맞는 일이 없도록 우리 매트리스를 복도에 놓았다. 우리는 종일 바닥에 엎드려 있었다. 집 안에서 캠핑하는 기분이라 꽤 재미있었다.

평소처럼 아빠는 자기 방에 틀어박혀 전화 통화를 했다. 오후 3시쯤 나는 아나와 카드놀이를 하고 아빠는 방에서 전화를 붙잡고 있을 때 부엌에서 뭔가 두드리는 소리가 났다. 나는 조심스레 보러 갔다. 지노가 숨을 헐떡이며 창살 밖에 서 있었고 나는 속삭였다.

「문 못 열어 줘, 아빠가 집을 단단히 걸어 잠갔거든. 어떻게 여기까지 들어왔니?」

「울타리 밑을 지나왔지. 어차피 오래 못 있어. 너도 알고 있니?」

「응, 알아, 쿠데타가 일어났지. 클래식 음악을 들었어.」

「군대가 새 대통령을 죽였어.」

「뭐라고? 못 믿겠어……. 맹세해 봐.」

「맹세해! 캐나다인 기자가 우리 아버지한테 전화해서 알려 줬어. 군사 쿠데타야. 국회 의장과 다른 정부 고관들도 죽였대……. 나라 전역에서 학살이 시작된 모양이야. 최고는 뭔지 알아?」

「몰라. 또 뭔데?」

「아틸라가 도망갔어!」

「아틸라라면 폰 고첸 씨네 말 말이야?」

「그래! 미쳤지, 안 그래? 밤중에 대통령 관저 뒤 승마 센터 마구간에 포탄이 떨어졌대. 건물에 불이 붙었지. 말들은 겁에 질렸어. 아틸라는 맛이 가서 미치광이처럼 뒷발로 일어서 울부짖었고, 자기가 있는 칸의 문을 걷어차기 시작해 빗장을 부수고 울타리들을 뛰어넘어 시내로 사라졌대……. 오늘 아침 폰 고첸 씨를 네가 봐야 했는데……. 잠옷 바람에 머리 마는 롤러를 주렁주렁 달고 눈은 울어서 부어 있었어. 얼마나 웃겼다고! 우리 아버지에게 연줄을 동원해 말을 찾아 달라고 온 거였어. 아버지는 이 말만 되풀이했지. 〈쿠데타가 일어났습니다, 폰 고첸 씨. 제가 해드릴 수 있는 건 아무것도 없어요. 이 나라 대통령조차 자신을 위해 아무것도 못 했단 말입니다.〉 그런데도 그 사람은 계속 졸랐어. 〈아틸라를 찾아야 해요! 유엔에 연락하세요! 백악관에! 크렘린에!〉 대통령 살해 따위는 안중에도 없고 자기 말 이야기뿐이었어. 늙다리 인종 차별주의자 같으니.

그놈의 식민주의자들 때문에 환장한다니까! 자기 동물 목숨이 사람 목숨보다 더 중요한 거야. 자, 이만 가볼게, 가비. 뛰어가야겠다. 뒷이야기는 다음 방송 시간을 기다려 주세요.」

지노는 달음질쳐 돌아갔다. 그는 지금 상황에 몹시 흥분하고, 심각한 일이 일어난다는 게 만족스럽기까지 한 듯했다. 나는 뭐가 뭔지 알 수 없었고 실감이 나지 않았다. 대통령이 살해당했다니……. 은다다예가 당선되던 날 아빠가 했던 말을 떠올렸다. 〈그들은 머지않아 이 모욕의 대가를 치를 거야.〉

그날 밤 우리는 일찍 잠자리에 들었다. 아빠는 평소보다 담배가 늘었다. 아빠는 자기 매트리스도 복도로 내왔고, 이미 깊이 잠든 아나의 머리칼을 어루만지며 소형 라디오를 들었다. 초 하나만이 방의 윤곽을 흐릿하게 가린 채 우리에게 불을 밝혀 주었다.

밤 9시쯤 클래식 음악이 멎었다. 진행자가 프랑스어로 말을 시작했다. 한 문장이 끝날 때마다 목소리를 가다듬었고, 그의 단조로운 목소리는 상황의 심각함과 대조적이어서 마치 지역 배구 대회 결과라도 발표하는 것 같았다. 〈국가 공안 위원회는 다음과 같은 결정을 내렸습니다. 오후

6시부터 오전 6시까지 전국적인 통행금지, 국경 봉쇄, 지역 간 이주 금지, 3인 이상 집결 금지. 위원회는 국민이 평정을 유지하길 요청하며……〉 목록이 끝나기 전에 잠들었다. 꿈에서 나는 분출 중인 화산에서 나오는 유황 증기로 이루어진 작고 폭신한 구름 위에 떠서 평화로이 잠자고 있었다.

17

　우리는 며칠 계속 복도에서 자고, 낮에는 집을 나서지 않았다. 프랑스 대사관 소속 헌병이 아빠에게 전화해 외출을 완전히 삼가라고 조언했다. 엄마는 도시 고지대에 있는 친구 집에 살면서 매일 우리에게 전화해 소식을 들었다. 라디오에서는 나라 중부에서 대규모 학살이 일어났다고 알렸다.

　학교는 그다음 주에 다시 문을 열었다. 도시는 기묘하게 고요했다. 상점은 몇 군데 문을 열었지만 공무원들은 업무를 재개하지 않았고 장관들은 아직 외국 대사관이나 인접 국가에 피신 중이었다. 대통령 관저 앞을 지나면서 보니 담장이 파손되어 있었다. 시내에서 보이는 유일한 전투의 흔적이었다. 운동장에서 학생들은 쿠데타가 일어난 밤, 총격, 포탄 소리, 대통령의 죽음, 복도에 꺼낸 매트리스 이야기를 했다. 무서워하는 사람은 아무도 없었다. 도심과 고급 주택가의 특권층 아이들인 우리에게 전쟁은 아직 말에 불과했다. 우리는 들은 것은 있지만 아무것도 보지는 못했다. 삶은 전처럼 계속되었고 파티, 연애, 유명 상표, 유행 등 우리의 관심사도 그대로였다. 우리들의 집에서 일하는 사람들, 부모님이 거느린 직원들, 서민 구역과 시골과 내륙 지방에 사는 사람들, 또 어떤 대사관으로부터도 안전 수칙을 전달받지 못하고, 집을 지켜 줄 야경꾼이 없고, 아이들을 학교에 데려다줄 운전사가 없는 사람들, 걸어서, 자전거로, 버스로 이동하는 사람들, 그들은 사태의 중대성을 파악했다.

학교에서 돌아오자 프로테가 부엌 식탁에서 완두콩 깍지를 까고 있었다. 나는 프로테가 은다다예에게 투표했고 그가 당선되었을 때 몹시 기뻐했다는 걸 알았다. 차마 쳐다보기 힘들었다.

「안녕하세요, 프로테. 잘 지냈어요?」

「가브리엘 도련님, 미안하지만 말할 기력이 없네요. 그들은 희망을 죽였어요. 내가 할 수 있는 말은 그뿐이네요, 그들은 희망을 죽였다고요. 정말로요, 그들은 희망을 죽였어요…….」

내가 부엌을 나왔을 때도 그는 여전히 그 말을 되풀이하고 있었다.

점심을 먹고 나서 도나시앵과 이노상이 나를 학교에 데려다주었다. 가는 길에 무하 다리 앞에서 군 장갑차 한 대가 엇갈려 지나갔다.

「저 군인들 좀 봐, 어쩔 줄 모르지.」 도나시앵이 지친 투로 말했다. 「처음엔 쿠데타를 일으키고 대통령을 죽이더니 이제 국민이 분노하고 나라 안이 피바다, 불바다가 되니까 후퇴해서는 정부더러 돌아와 자기들이 낸 불을 끄라고 하잖아. 가엾은 아프리카……. 하느님이 우릴 도우시길.」

이노상은 아무 말도 하지 않고 앞의 길만 똑바로 보며 운전했다.

그때부터는 하루가 더 빨리 갔다. 모두 밤이 되기 전 오후 6시까지 집에 돌아가야 하는 통행금지령 때문이었다. 저녁이면 우리는 라디오로 불안한 소식을 들으며 포타주를 먹었다. 나는 이 사람 저 사람의 침묵과 행간, 암시와 예견을 속으로 따져 보기 시작했다. 이 나라는 속삭임과 수수께끼로 이루어져 있었다. 내가 이해하지 못하는 보이지 않는 균열, 한숨, 속삭임이 있었다.

날이 가고 전쟁은 시골에서 격심히 계속되었다. 마을들

이 쑥대밭이 되고, 불타고, 학교들이 수류탄 공격을 받아 학생들이 산 채로 타 죽었다. 수십만의 사람이 르완다, 자이르, 탄자니아로 피난했다. 부줌부라에서는 외곽 지역에서 교전이 벌어진다는 말이 있었다. 밤이면 멀리서 포화 소리가 들렸다. 프로테와 도나시앵은 결근하는 날이 많았는데 그들이 사는 동네에서 군대가 수색 작전을 자주 벌였기 때문이다.

평온한 우리 집 안에 있으면 모든 게 비현실적으로 여겨졌다. 막다른 골목은 평소대로 졸고 있었다. 낮잠 시간이면 나뭇가지에서 새 지저귀는 소리가 들리고, 산들바람이 살랑대며 나뭇잎을 스치고, 거대하고 오래된 돌무화과나무들이 고마운 그늘을 드리웠다. 아무것도 달라지지 않았다. 우리는 놀이와 탐험을 계속했다. 우기가 돌아왔다. 식물은 선명한 색을 되찾았다. 나무들은 무르익은 과일의 무게로 축 늘어지고 강은 만수위를 회복했다.

어느 날 오후, 우리 다섯 명이 맨발에 장대를 들고 망고를 찾아 돌아다니던 중 지노가 막다른 골목은 다 털었으니 한 발짝 더 나가자고 했다. 우리는 프랑시스네 집 울타리 앞에 있었다. 나는 불길한 예감이 들었다.

「여기 있지 말자, 골치 아픈 일이 생길 거야.」

「뭐야, 겁쟁이처럼 굴지 마, 가비!」지노가 대답했다. 「이 망고나무는 우리가 접수한다.」

아르망과 쌍둥이는 머뭇거리며 마주 보았지만, 지노는 고집을 부렸다. 우리는 조심스레 자갈을 디디며 골목을 천천히 나아갔다. 대문이 없어 부지에 들어가기는 쉬웠다. 집은 작은 언덕 꼭대기에 있었는데, 초벽의 흙이 떨어져 나가고 베란다 가천장의 석고판들은 습기 얼룩으로 뒤틀려 황량했다. 망고나무 가지들이 정원 가득 드리웠다. 우리는 가까이 갔다. 창문 창살 안쪽 더러운 모기장 때문에 집 안이 보이지 않았다. 문들은 닫혀 있었고 집은 너무 고요했다. 우리는 나무 아래 멈춰 섰고 지노가 망고를 하나, 둘, 셋 떨어뜨렸다. 지노의 장대가 코뿔새 무리처럼 나뭇잎을 휘저었다. 나는 경계를 늦추지 않았다.

갑자기 먼지투성이 모기장 너머로 그림자 하나가 슬쩍 지나가는 걸 본 것 같았다. 「잠깐만!」우리는 모두 움직임을 멈추고 집을 주시했다. 정적뿐이었다. 정원 안쪽에서 무하강이 흐르는 소리만 들렸다. 지노는 다시 망고를 따기 시작했다. 아르망이 응원하며 열매 하나가 풀밭에 떨어질 때마다 수쿠스 춤을 추었다. 쌍둥이와 나는 망을 보았다. 우리 뒤에서 새 한 마리가 날갯짓하는 소리를 내며 날아올랐다. 우리는 돌아보았다. 아르망과 쌍둥이가 제일 먼저 전광석화처럼 도로 쪽으로 달아났다. 다음으로 지노가 뛰쳐나갔고 나는 생각할 겨를도 없이 뒤따랐다. 우리는 집을 빙 돌아 무하강으로 이어지는 내리막을 뛰어 내려갔다. 쫓기는 동물처럼 두려웠다. 프랑시스가 우리를 뒤쫓아오는지 알 수 없어 확인하려고 뒤돌아보았다. 바로 그때 그의 주먹이 내 얼굴을 갈겼고 나는 자갈밭에 나가떨어졌다. 그러더니 구타 세례가 말벌 떼처럼 날아들었다. 지노가 고함을 지르며 나를 지켜 주려 했다. 지노 역시 내 옆에 나동그라지는 게 보였다. 우리는 프랑시스 손에 붙들려 강가까지 끌려갔고, 그는 무하강의 갈색 진흙탕 물에 우리 머리를 처박았다. 숨을 쉴 수 없었다. 벗어나려고 아무리 몸부림쳐도 프랑시스의 손은 바이스처럼 내 목을 짓눌렀다. 그가 나를 수면 위로 끌어올리자 그의 말이 토막토막 들렸다. 「남의 집 정원에서 도둑질하는 건 옳지 않아. 너희 부모는 그런 것도 안 가르쳤냐, 엉?」 그런 다음 나를 뼛속까지 마비시키는 맹렬한 기세로 머리부터 도로 물에 처박았다. 모든 게 아득했다. 내 손은 필사적으로 허우적대며 헛되이 뭔가 붙잡고 매달릴 것을 찾았다. 나뭇가지, 구명대, 희망……. 마치 다른 탈출구, 강바닥에 숨겨진 비밀 문을 찾듯 손톱으로 바닥을 긁었다. 귓구멍과 콧구멍으로 물이 들어왔다. 그리고 먹먹하게 들리는 가운데 목소리가 이어졌다. 나를 물속으로 짓누르는 그 손아귀에 비하면 목소리는 너무나 부드러웠다. 「버릇없는 애새끼들 같으니, 너희에게 예절 교육을 단단히 해주마.」 프랑시스는 나를 숨 막히게 하는 정도가 아니라 죽이려 들었다. 이마가 땅에 찧어졌다. 내 유일한 본능은 최대한 빨리 공기를 찾으려는 것이었다. 공기는 어디 있지? 숨이 막혀 폐가 오그라들었다. 심장은 공포로 펄떡거리며 입에서 튀어나오려 했다. 내 숨 막힌 비명의 울림이 아득하게 들렸다. 나는 아빠와 엄마를 불렀다. 두 분은 어디 있지? 프랑시스는 장난하는 게 아니었다. 의심의 여지 없이 그는 나를 죽이려고 작정했다. 그러니까 폭력이란 이런 건가? 생생하게 깨달아지는 두려움과 놀라움. 그는 한순간 내 머리를 강물에서 꺼냈고, 나는 들었다. 「너희들 엄마는 백인의 창녀야!」 그리고 다시금 나는 물을 먹었다. 전투에서 패배했다. 기진맥진한 근육에서 서서히 힘이 빠졌고, 나는 10센티미터 깊이의 물속에서 프랑시스의 목소리를 자장가 삼아 상황에 순응했고, 알아채지 못하는 새 조금씩 목숨줄을 놓았다. 내게는 공포와 굴복, 그에게는 폭력과 힘이 있었다.

하지만 지노는 빠져 죽길 거부했다. 그는 있는 힘을 다해 물과 말을 거부했다. 그는 더 멀리 보았다. 그는 여전히 11월에 망고를 따고 바나나나무의 긴 잎사귀로 범선을 만들어 강을 따라 내려가고 싶었다. 그는 마비되지 않았고 그 새로운 폭력에 홀리지조차 않았다. 그는 폭력에 도전했다. 프랑시스의 손아귀에 잡혀 있으면서도 대등하게 굴었다. 대꾸하고 맞받아치고 쏘아붙였다. 그의 목 혈관이 튜브처럼 부풀어 오른 게 언뜻 보였다. 「우리 어머니 욕하지 마! 우리 어머니 욕하지 마!」 내 목덜미를 죄는 힘이 느슨해지는 걸 느꼈다. 프랑시스는 지노의 세지는 기운을 억누르려 애썼다. 양팔, 양손, 양 무릎을 동원해 지노의 등을 눌러야 했다. 폐에 공기가 약간 들어왔다. 나는 처음에는 엎어져 있다가 반듯하게 털썩 주저앉았다. 물을 토했다. 푸른 하늘에 빛이 가득했다. 햇빛에 눈이 부셔 눈을 감았고, 기어가서 바닥에 쓰러진 바나나나무 줄기에 머리를 기댔다. 한쪽 귀가 먹먹했다.

「아무도 우리 어머니한테 욕할 권리 없어!」 지노가 되풀이했다.

「있어, 내가 하고 싶으면 하는 거지. 너네 어머니는 창녀야.」

프랑시스는 그 안에서 내가 단념하고 싶었던 갈색 물속에 지노의 머리를 다시 넣었다. 낮잠 시간이었다. 하루 중 더위가 절정인 무렵이었다. 거리는 텅 비어 있었다. 저편, 다리 위에는 자동차 한 대 없었다. 얼떨떨한 내 머리를 기댄 바나나나무 껍질은 스펀지처럼 폭신했다. 나는 다시 물을 토하고 겁에 질린 말을 내뱉었다. 프랑시스는 지치지 않고 계속했다. 세탁물을 물에 담그면서 날씨가 어떻다고 수다 떠는, 빨래하는 사람들 같았다. 프랑시스의 말이 끝날 때마다 지노의 머리가 강물 거품 속으로 사라졌다. 「그럼 네 창녀 엄마는 어딨지? 동네에서 한 번도 본 적이 없는데…….」 지노는 공기를 몇 모금 들이마시더니 물고기가 걸린 낚시찌처럼 쑥 가라앉았다. 그는 물속에서 고함쳤다. 그러자 머리 주변에 소용돌이가 일었다. 「네 창녀 엄마는 어딨지?」 프랑시스는 그 말을 또 되풀이하고, 지노는 또 숨이 막히고, 나는 또 지노를 놓아주라고 소리 지르고, 프랑시스는 같은 질문으로 또 시작했다. 지노는 힘을 잃었다. 체념했다.

내가 프랑시스를 막으려 해볼 만큼 제정신이 돌아와 마침내 일어섰을 때, 지노가 〈죽었어〉라고 웅얼거렸다. 나는 그 말을 똑똑히 들었다. 그는 한 번 더, 약간 흐느끼면서 말했다.「우리 어머니는 죽었어.」

저편, 다리 위에 한 노인이 난간에 기대서 있었다. 검은 모자를 쓰고 무지개색 우산을 쓰고 있었는데, 금속으로 된 우산 꼭지가 크리스마스의 별처럼 빛났다. 노인들은 아이들이 강에서 노는 모습을 보길 좋아한다. 자기는 다시 그렇게 놀 수 없으리라는 걸 안다. 프랑시스가 그에게 손짓했다. 노인은 대꾸하지 않았다. 그는 잠시 더 우리를 보다가, 검은 모자와 선명한 색들의 우산과 함께 작은 걸음으로 가던 길을 갔다. 프랑시스가 내 앞을 지나갔고 나는 뒷걸음쳤다. 하지만 그는 나를 쳐다보지도 않고 가버렸다. 나는 지노에게 다가갔다. 그는 강가에서 울고 있었다. 다리 사이에 고개를 묻고 옷은 다 젖은 채 흐느꼈다. 모든 게 한층 고요해 보였다. 물은 잔인하도록 무심하게 우리 앞을 흘러갔다. 지노를 위로하고 싶어 어깨에 손을 얹었다. 지노는 나를 뿌리치고 벌떡 일어나 도로 쪽으로 가버렸다.

나는 물가에 앉아 있었다. 막혔던 귀가 뚫렸다. 차차 교통 소음이 되돌아왔다. 중국제 자전거의 벨 소리, 보도 흙바닥을 긁는 샌들 소리, 뜨거운 아스팔트 위의 승합차 타이어 소리. 모든 게 되살아났다. 다리 위에도 움직임이 있었다. 내 안에서 차가운 분노가 솟구쳤다. 입에서 피가 나고 손과 무릎에 찰과상이 생겼다. 나는 무하강에서 상처를 씻었다.

두려움이 더 커지게 하지 않으려면 그것에 맞서야 한다고 분노가 내게 말했다. 내게 너무 많은 것들을 포기하게 했던 그 두려움. 나는 프랑시스와 맞서기로 결심했다. 우리 장대들을 가지러 그의 집 정원으로 돌아갔다. 그는 현관 문턱에 서 있었고 내가 오는 걸 보자 위협했다. 나는 계속 다가갔다. 혀에서 피가 느껴졌고 피는 소금 맛이었다. 나는 움직이지 않고 서서 그의 눈을 똑바로 쳐다보았다. 오랫동안. 그는 건방진 미소를 띤 채 가만히 있었다. 집 앞 계단 위에 그냥 서 있었다. 강물 속에 머리가 짓눌렸을 때 나는 그가 두려웠다. 지금은 그렇지 않았다. 내 입안에서 피 맛이 났고 그건 지노의 눈물에 비하면 아무것도, 아무것도 아니었다. 피는 삼키면 그만이고, 그러면 그 맛을 잊는다. 하지만 지노의 눈물은? 분노가 두려움을 밀어냈다. 무슨 일을 당하든 더 이상 무섭지 않았다. 나는 우리 장대들을 챙기고 망고는 남겨 놓았다. 아무도 그것들을 가져가지 않을 거였다. 나는 알았다. 하지만 그런 건 상관없었다. 내 안에서 커져 가는 분노에, 망고가 싱싱한 풀밭에서 썩어 가는 건 알 바 아니었다.

18

그 후로 지노는 나를 피했다. 아르망과 쌍둥이는 강에서 무슨 일이 있었는지 몰랐다. 나는 우리도 그들처럼 달아났다고 믿게 두었다. 지노의 눈물이 머릿속을 떠나지 않았다. 그 애의 어머니는 정말 죽었을까? 차마 물어볼 수 없었다. 아직은. 우리는 불안한 나날을 살았다. 매주가 우기의 하늘 같았다. 매일 그날의 소문, 폭력, 안전 수칙이 생겼다. 나라에는 여전히 대통령이 없고 정부 일부는 은밀히 숨어 있었다. 하지만 카바레에서 사람들은 내일의 불안을 떨치려는 듯 맥주를 마시고 염소고기꼬치를 먹어 댔다.

새로운 현상이 수도를 점령했다. 우리는 그런 날들을 〈죽은 도시〉라 불렀다. 주민들에게 정해진 하루 혹은 며칠 동안 돌아다니지 말라고 권하는 내용의 전단이 시에 돌았다. 그런 작전이 시작되면, 기동대가 눈감아 주는 가운데 청년 무리가 거리에 나와 여러 동네의 주요 도로를 막고 감히 집에서 나온 자동차나 행인을 공격하거나 돌을 던졌다. 그러면 공포가 도시를 덮쳤다. 가게들은 문을 닫고 학교들은 휴교하고 행상인들은 사라지고 모두 자기 집에 틀어박혀 문을 잠갔다. 그런 마비의 나날 다음 날이면 사람들은 도랑의 시체들을 세고, 차도의 돌들을 줍고, 삶은 평소의 흐름을 되찾았다.

아빠는 어찌할 바를 몰랐다. 우리가 정치와 거리를 두게 하려고 애썼던 아빠였지만 더는 우리에게 나라 상황을 감출 수 없게 되었다. 아빠는 초췌해지고 자식과 사업 때문에 걱정했다. 사망자가 5만 명이라는, 대규모로 계속되는 학살 때문에 아빠는 내륙 지방의 건설 작업들을 중단했고 인부 대다수를 해고해야 했다.

내가 학교에 있던 어느 날 아침, 우리 집 안에서 아빠가 보는 가운데 사건이 터졌다. 프로테와 이노상 사이에 격한 싸움이 벌어졌다. 무슨 이유에서였는지는 모르지만 이노상이 프로테에게 손찌검했다. 이노상은 사과하길 거부한 채 모두에게 으르댔고 아빠는 그를 즉각 해고했다.

지속적인 긴장 때문에 사람들은 날카로워졌다. 아주 작은 소리에도 예민해지고, 길을 다닐 때 경계하고, 미행당

하지 않는지 확인하려고 백미러를 들여다보았다. 저마다 바싹 경계했다. 하루는 지리 수업이 한창일 때 울타리 밖 앵데팡당스 대로에서 타이어가 터졌는데, 선생님까지 포함해 반 전체가 책상 밑으로 뛰어들어 엎드렸다.

학교에서 부룬디인 학생들 사이의 관계가 달라졌다. 미묘했지만 알아차릴 수 있었다. 뜻을 알기 어려운 암시, 함축적 의미가 담긴 말이 많았다. 스포츠를 하거나 발표를 준비하기 위해 조를 짜야 할 때면 금세 거북함이 느껴졌다. 그 갑작스러운 변화, 뚜렷이 느껴지는 불편함의 이유를 나는 도저히 알 수 없었다.

그러던 어느 날, 쉬는 시간에 부룬디 남학생 둘이 대운동장 뒤편에서 선생님과 감독인 눈을 피해 싸웠다. 말싸움에 덴 다른 부룬디 학생들도 곧 두 패로 나뉘어 각자 한쪽을 응원했다. 〈더러운 후투 놈들〉, 한쪽은 말했고 〈더러운 투치 놈들〉, 다른 쪽은 대꾸했다.

그날 오후 태어나서 처음으로 나는 이 나라의 현실 깊숙이 들어갔다. 후투와 투치의 반목을, 저마다 한편이나 다른 편이길 강제하는 넘을 수 없는 구분 선을 발견했다. 아기에게 지어 주는 이름처럼 이 〈편〉은 태어날 때 정해지고 영원히 우리에게 따라붙었다. 후투 혹은 투치. 한쪽이냐

다른 쪽이냐였다. 앞면이냐 뒷면이냐였다. 눈먼 자가 시력을 되찾은 것처럼 그제야 나는 오래전부터 놓치고 있던 몸짓과 눈빛, 속뜻과 태도를 이해하기 시작했다.

　전쟁은 우리가 부탁하지 않아도 언제나 알아서 우리에게 적을 찾아 준다. 중립을 유지하고 싶었지만 그럴 수 없었다. 나는 이 역사를 지고 태어났다. 역사는 내 안에 흘렀다. 나는 거기 속했다.

19

우리는 르완다에서 훨씬 더 끔찍한 현실을 발견했다. 파시피크 삼촌의 결혼식에 가려고 엄마와 아나와 겨울 방학 말 르완다에 갔을 때였다. 삼촌은 일주일 전에 그 소식을 알렸다. 키갈리의 불안함이 심해지던 때라 일은 신속하게 진행되었다. 아나와 엄마와 내가 가족을 대표해야 했다. 할머니와 로잘리 증조할머니는 난민 지위 때문에 여행할 수 없어 부줌부라에 남았다.

우리는 그레구아르-카이반다 공항 로비에서 외제비 이모할머니를 기다렸다. 외제비 이모할머니는 엄마의 이모인데, 엄마와 나이 차이가 거의 나지 않았고 줄곧 망명을 거부해 왔다. 엄마에게 외제비 이모할머니는 가져 보지 못한 언니나 마찬가지였다. 외제비 이모할머니의 피부는 나만큼 밝은 색이었다. 가족 내 다른 여자들처럼 얼굴이 갸

름하고, 한편 이마는 넓고 볼록하고, 귀는 자그마하고, 목
덜미는 호리호리하고, 틈새가 벌어진 치아는 살짝 튀어나
오고, 코와 눈꺼풀은 주근깨가 있어 얼룩덜룩했다. 발까지
내려오는 검은 주름치마를 입었고 재킷에는 큰 어깨 패드
가 들어 꼭 허수아비 같았다. 아나는 그 집에 일주일 다녀
온 적 있었지만 나는 이모할머니를 처음으로 만나는 거였
다. 이모할머니는 몹시 감격해서 시어 버터 냄새가 나는
부드러운 피부에 나를 꼭 끌어안았다.

외제비 이모할머니는 과부였고 키갈리 시내의 집에서
혼자 네 아이를 키웠다. 딸 셋에 아들 하나, 다섯 살부터 열
여섯 살까지였다. 크리스텔, 크리스티안, 크리스티앙, 크
리스틴.

외제비 이모할머니의 딸들은 아나에게 몰려들어 한시도
떨어지지 않았다. 그 애들에게 아나는 특별 손님이었고,
며칠씩 애지중지 예뻐하고 싶은 인형이었다. 그들은 아나
의 옆자리를 차지하려고 다투고, 그들이 보기에는 너무나
이국적인 매끄러운 머리칼을 서로 빗겨 주려고 싸웠다. 그
들 방 벽에는 1년 전 크리스마스 휴가 때 아나와 함께 찍은
사진이 걸려 있었다.

크리스티앙은 나와 동갑이었고 잘 웃는 눈으로 명랑하

게 나를 빤히 쳐다보았다. 거의 쌍둥이만큼 수다스럽고 비할 데 없이 호기심이 많았다. 그는 부룬디에 관해, 내 친구들에 관해, 좋아하는 스포츠에 관해 질문을 퍼부었다. 학교 축구팀 주장인 게 그의 자랑이었고 거실 큰 서랍장 위에 잘 보이게 장식된, 학교 대항 축구 대회에서 휩쓸어 온 우승컵과 메달 들을 꼭 보여 주려고 했다. 그는 튀니지에서 열리는 다음번 아프리카 네이션스 컵을 기대하며 안달했다. 제일 좋아하는 팀인 카메룬이 출전하지 못했으므로 그는 나이지리아를 응원할 생각이었다.

저녁을 먹는 동안 외제비 이모할머니는 우스꽝스러운 일화를 잔뜩 이야기했고 엄마는 쉴 새 없이 웃음을 터뜨렸다. 이모할머니는 엄마와 이모할머니가 어렸을 때 스카우트에 들어가 부룬디 시골에서 방학을 보냈던 이야기를 유머 가득 담아 늘어놓았다. 아이들의 정다운 묵계하에, 우리 집안이 겪은 불행과 고난을 우스운 이야기와 기상천외한 모험담으로 뒤바꿔 놓았다. 아이들은 이모할머니에게 환호하고, 응원하고, 이따금 대신 이야기를 끝맺거나 적당한 프랑스어 단어를 찾도록 도와주었다. 저녁 식사 후 외제비 이모할머니는 우리에게 잠자리에 들 준비를 하라고 했고 아이들은 즉시 명랑하게 법석을 떨며 그 말에 따랐다.

여자애들은 욕실에서 칫솔을 마이크 삼아 큰 거울 앞에서 노래하고 춤추었다. 크리스티앙은 로제 밀라[38]의 유니폼을 파자마 삼아 입었다. 그 애는 잠자기 전에 축구공을 벽에 튀기며 놀길 좋아했고 방 벽은 축구 선수 포스터로 뒤덮여 있었다. 그렇게 하면 분명 월드컵 결승전에서 우승하는 꿈을 꿀 거라고 그 애는 말했다.

크리스티앙은 외제비 이모할머니가 불을 끄고 2분 만에 잠들었다. 나도 잠에 빠져들고 있었는데 파시피크 삼촌의 목소리가 들렸다. 나는 잽싸게 거실로 나갔다. 군대 전투복을 입은 모습을 기대했지만 그냥 폴로 셔츠에 청바지, 흰 테니스화 차림이었다. 삼촌은 나를 머리 위로 번쩍 들어 올렸다. 「이것 좀 보게, 우리 가비! 남자가 다 됐구나! 곧 이 삼촌보다 더 크겠는걸!」 여전히 천사 같은 얼굴에 자유분방한 시인 같은 분위기였지만, 눈빛이 달라졌고 진중해져 있었다. 외제비 이모할머니는 손에 큰 열쇠 꾸러미를 들고 집 문들을 단단히 잠그느라 바빴다. 이모는 부엌에서 돌아와 거실 불을 껐다. 잠시 후 라이터 불꽃이 솟아나 낮은 테이블 위의 초에 불을 붙였고 파시피크 삼촌은 엄마 맞은편 안락의자에 앉았다. 엄마는 내게 가서 자라고, 이

38 카메룬의 축구 선수.

제부터는 어른들끼리 이야기할 거라고 했다. 나는 마지못해 따랐지만 잠자리로 돌아가지 않고 복도에, 문 바로 뒤에 머물렀고, 거기서는 눈에 띄지 않고 어른들을 관찰할 수 있었다. 마침내 외제비 이모할머니가 와서 앉자 파시피크 삼촌은 엄마를 보았다.

「이렇게 빨리 와줘서 고마워, 누나. 좀 정신없이 모이라고 해서 미안해. 결혼식을 더 기다릴 수가 없었어. 잔의 가족은 신앙심이 매우 깊고, 전통을 무척 중시하고, 올바른 순서대로 일을 치르는 걸 중요하게 여겨. 그래서 집에 알리기 전에 결혼해야 해. 아기 일 말이야. 알겠지?」그는 질문을 윙크로 마무리했다.

엄마는 제대로 들었는지 확인하려는 듯 잠시 말이 없다가, 기뻐서 소리치며 파시피크 삼촌을 끌어안았다. 소식을 이미 알고 있던 외제비 이모할머니는 환한 미소를 지었다. 파시피크 삼촌은 이내 엄마의 포옹에서 빠져나왔다. 그는 걱정스럽게 말했다.「앉아 줘, 아직도 할 이야기가 남았어.」

그의 얼굴이 어두워졌다. 그는 턱짓으로 외제비 이모할머니에게 신호했고, 이모할머니는 곧바로 창가로 가서 창밖을 재빨리 살피고는 블라인드를 닫고 커튼을 쳤다. 이모할머니는 돌아와 파시피크 삼촌 옆에 앉았는데, 그 위에는 남편과 아이들과 함께 사진관에서 찍은 아름다운 흑백 사진이 든 로코코풍 플라스틱 액자가 걸려 있었다. 이상하게도 그 사진에서 미소 짓는 건 이모뿐이었다. 다른 가족들은 렌즈 앞에서 뻣뻣하게 굳어 있었다.

파시피크 삼촌은 엄마와 무릎이 맞닿을 정도로 안락의자를 끌어당겼다. 그는 거의 들리지 않을 정도로 나지막하게 말을 시작했다.

「이본, 내 말을 주의 깊게 들어야 해. 내가 하려는 말을 아주 진지하게 받아들여야 해. 상황이 보기보다 훨씬 심각해. 우리 측 정보기관에서 염려스러운 메시지들을 도청했고 뭔가 무시무시한 일이 여기서 준비되는 중이라고 믿을 만한 신호들을 감지했어. 후투족 극단주의자들은 우리 르완다 애국 전선과 권력을 나누고 싶어 하지 않아. 평화 협정을 뒤엎으려고 무슨 짓이든 할 태세야. 그들은 반대파 지도자들과 온건파 후투족 인사들을 모조리 숙청하겠다고 예고했어. 그다음에는 투치족을 처리할 거야…….」

삼촌은 말을 멈추고는 귀를 쫑긋 세우고 아주 작은 이상한 소리라도 나지 않나 경계하며 주변을 둘러보았다. 밖에서 두꺼비들이 일정한 리듬으로 울었다. 커튼이 닫혀 있는데도 가로등에서 나오는 희미한 오렌지색 불빛이 거실가지 뚫고 들어왔다. 그는 여전히 숨죽인 소리로 말을 이었다. 「우리는 나라 전역에서 벌어질지 모를 대량 살상을 우려하고 있어. 이전의 학살들은 그저 연습에 불과했다고 보일 만한 학살을.」

촛불이 벽에 그림자를 드리웠다. 어둠 때문에 파시피크 삼촌의 얼굴 윤곽은 흐릿했다. 눈이 어둠 속에 떠 있는 것 같았다.

「지방 전체에 마체테가 배급되었고, 키갈리에는 대규모 비밀 무기 저장고들이 있고, 민병대가 훈련하고, 정규군이 그걸 지원하고, 동네마다 살해해야 할 인물 명단이 돌고, 유엔은 심지어 후투족 무장 세력이 20분마다 투치족 1천 명을 죽일 수 있는 규모라는 걸 확인해 주는 정보까지 입수했어…….」

거리에 차 한 대가 지나갔다. 파시피크 삼촌은 입을 다물었다. 그는 차가 멀어지길 기다렸다가 다시 속삭이는 소리로 말했다.

「우리를 기다리는 일들을 늘어놓자면 아직도 길어. 우리 가족들은 집행 유예 중이야. 죽음이 우리를 둘러싸고 있고, 곧 우리를 덮칠 테고, 우리는 덫에 걸릴 거야.」

엄마는 불안하고 혼란스러워하며 그게 사실인지 확인받

으려고 외제비 이모할머니 쪽을 보았고, 이모할머니의 눈길은 슬프게 바닥에 내리꽂혀 있었다.

「그럼 아루샤 협약은? 임시 정부는?」 엄마는 당황해서 말했다. 「전쟁은 끝났고 상황이 나아지고 있다고 생각했어. 네가 예고하는 학살 말이야, 키갈리에 유엔군이 이렇게 많은데 그런 일이 어떻게 일어나겠어? 그럴 수는 없어……」

「유엔군을 몇 명 죽이기만 하면 이 나라의 백인은 전부 철수할 거야. 그것도 그들 전략의 일부야. 강대국들은 가난한 아프리카인 목숨 때문에 자기네 군인의 목숨을 위태롭게 하지 않을 거야. 극단주의자들은 그걸 알아.」

「국제 언론에 알리지 않고 뭘 하는 거야? 대사관은? 유엔은?」

「그들도 다 알아. 우리와 같은 정보가 있어. 하지만 전혀 중대하게 여기지 않아. 그들에게 아무것도 기대해선 안 돼. 우리 자신만 믿는 거야. 내가 누나를 보러 온 건 누나의 도움이 필요하기 때문이야. 가족의 유일한 남자로서 난 신속히 결정을 내려야 해. 누나가 외제비 이모의 아이들과 내 미래의 아내와 배 속 아기를 부줌부라에 받아들여 줬으면 해. 그들은 위험이 잠잠해질 때까지 부룬디에 머물 거야. 거기 있으면 안전할 거야.」

「하지만 부룬디도 전쟁 중이라는 걸 너도 잘 알잖아.」엄마가 말했다.

「여기는 전쟁보다 더 끔찍할 거야.」

「언제 보내려고 하는데?」엄마가 시간을 낭비하지 않고 대답했다.

「의심을 사지 않기 위해 부활절 휴일에 다들 누나에게 갈 거야.」

「외제비 이모는? 어떻게 할 거야?」

「난 여기 남겠어, 이본. 아이들을 위해 계속 일해야 해. 아이들이 곁에 없으면 덜 약한 기분이 들겠지. 어쨌거나 모두 달아날 수는 없어. 나는 괜찮을 거야, 걱정 마. 유엔에 아는 사람들이 있으니 문제가 생기면 피난할 수 있을 거야.」

집 앞에서 자동차 엔진 소리가 들렸다. 외제비 이모할머니는 얼른 창가로 가 커튼을 아주 살짝 들췄다. 누군가 전조등을 깜빡였다. 이모할머니는 돌아서서 파시피크 삼촌에게 고갯짓했다. 그가 일어서자 청바지 허리띠에 권총이 꽂힌 게 보였다.

「가야겠어, 날 기다리고 있어. 내일 결혼식에서 보자. 오는 길에 조심해. 난 기타라마까지 같이 갈 수 없을 거야. 비밀 정보부에 감시당하는 중이고 내가 누나네와 연관 있다고 보이고 싶지 않아. 르완다 애국 전선 군인들의 가족은 살해 명단 맨 위에 있거든. 결혼식 시간에 보게 될 거야.」

그런 후 삼촌은 슬쩍 나갔다. 나는 숨어 있던 곳에서 나와 창가로 가서 외제비 이모할머니 옆에 섰다. 자동차 한 대가 멀어져 갔다. 차가 도로의 움푹 팬 곳 앞에서 급정거하자 빨간 후미등 빛이 보였다. 엔진 소리는 점점 작아지다가 사라졌다. 외제비 이모할머니는 커튼을 도로 닫았다. 그러고는 아무런 움직임도 없었다. 온 세상이 고요했다.

20

　하루를 여는 빛이 밤의 불안을 쫓아냈다. 나는 정원에서 들려오는 아나와 오촌 누이들의 웃음소리에 잠을 깼다. 외제비 이모할머니와 엄마는 한숨도 자지 않았고, 나는 둘이 새벽까지 속삭이는 소리를 들었다. 우리는 아침 식사를 마치자마자 길을 나섰다. 크리스티앙과 나는 차 트렁크에, 우리가 결혼식 때 입을 옷을 담은 여행 가방 위에 앉았다. 외제비 이모할머니는 경찰 검문에 걸릴 때 최대한 눈에 띄지 않기 위해 도착하고 나서 옷을 갈아입는 게 좋겠다고 했다. 여자애들은 브레이크 뒤 긴 좌석에 꼭 끼어 앉았다. 엄마는 앞 좌석에 앉아 햇빛 가리개에 달린 거울을 보며 화장했다. 처음에 자동차는 혼잡하고 경적 소리 가득한 서민 지구를 지났고, 버스 터미널을 지나고부터는 풍경이 차차 탁 트였다. 도시가 물러나고 끝없이 펼쳐진 파피루스

늦지가 나타났다. 외제비 이모할머니는 최대한 일찍 기타라마에 도착하려고 차를 빠르게 몰았다. 키갈리에서 50킬로미터 거리였다. 우리는 배기구에서 시커멓고 짙은 연기를 뿜어내는 트럭 뒤에 한참 끼어 있었다. 여자애들은 썩은 달걀 냄새에 코를 막으며 재빨리 창문을 올렸다.

엄마가 라디오를 켰고 곧 파파 웸바 노래의 신나는 리듬이 차 안에 가득해졌다. 아이들은 몸을 들썩이기 시작했고 크리스티앙은 짓궂은 표정으로 나를 보며 눈썹을 치켜올리고는 에티오피아 댄서처럼 어깨를 흔들었다. 외제비 이모할머니가 서둘러 라디오 소리를 높였다. 트렁크에서 보니 머리들이 음악의 리듬에 맞춰 왼쪽 오른쪽으로 흔들렸다. 후렴 부분에서 여자애들은 노래했다. 「마리아 발렌시아 에 에 에!」 엄마는 재미있어하며 뒤를 돌아보고 내게 우리끼리만 통하는 윙크를 했다. 라디오 진행자가 익살을 부리며 음악을 따라 불렀다. 그가 키냐르완다어로 하는 말에는 내가 알아듣지 못하는 단어들이 있었다. 〈라디오 106 FM! 유쾌한 라디오! 파파 웸바!〉 그는 명랑한 투로 후렴을 따라 부르고, 말하고, 농담하고, 별 우스운 짓을 다 했다. 춤추기를 싫어하는 나도 빠져들어 몸을 들썩이고 아무렇게나 손뼉을 치며 열심히 〈에 에 에〉 하고 따라 불렀는데,

그러다가 별안간 아무도 움직이지 않는다는 걸 알아차렸다. 아이들의 표정이 바뀌었다. 크리스티앙은 굳어 있었다. 외제비 이모할머니는 갑자기 라디오를 껐다. 차 안의 누구도 말하지 않았다. 엄마의 얼굴을 보지 않고도 나는 엄마가 거북해하는 걸 느꼈다. 나는 크리스티앙을 바라보았다.

「무슨 일이니?」

「아무것도 아냐. 시시한 거야. 라디오 진행자가…… 그 사람 말이…….」

「뭐라고 했는데?」

「바퀴벌레는 모조리 죽어야 한다고 했어.」

「바퀴벌레?」

「응, 바퀴벌레. 이녠지.[39]」

「…….」

「그 말은 우리를 가리키는 거였어. 투치족.」

자동차가 속도를 늦췄다. 우리 앞에서 차들이 다리 위에 멈춰 서 있었다.

「군사 검문이야.」 외제비 이모할머니가 겁에 질려 말했다.

---

39 Inyenzy. 바퀴벌레라는 뜻으로, 1963년 르완다 정부 전복을 꾀한 투치족 난민으로 이루어진 반군을 가리키던 말이었으나 의미가 확대되어 투치족 전체에 대한 모멸적 표현이 되었다.

군인들이 있는 지점까지 가자, 한 군인이 외제비 이모할머니에게 시동을 끄라고 신호하고 신분증을 요구했다. 칼라시니코프 소총을 찬 다른 군인이 위협적인 기색으로 차 주변을 돌며 검사했다. 트렁크 앞을 지나면서 그는 창유리에 얼굴을 바싹 붙였다. 크리스티앙은 눈을 마주치지 않으려고 고개를 돌렸고 나도 그랬다. 군인은 이어서 엄마에게 다가갔다. 엄마의 얼굴을 뚫어져라 쳐다보더니 무뚝뚝하게 신분증을 요구했다. 엄마는 프랑스 여권을 내밀었다. 군인은 슬쩍 보더니 비웃음을 섞어 프랑스어로 말했다.

「안녕하십니까, 프랑스인 부인.」

　그는 재미있다는 표정으로 여권을 뒤적였다. 엄마는 아무 말도 못 했다. 그는 말을 이었다.

「음…… 부인은 진짜 프랑스인이 아닌 것 같은데요. 코가 그렇게 생긴 프랑스인은 한 번도 본 적이 없어요. 게다가 이 목덜미…….」

　그는 엄마의 목을 손으로 쓸었다. 엄마는 움직이지 않았다. 공포로 뻣뻣해져 있었다. 한편 외제비 이모할머니는 다른 군인을 상대하고 있었다. 이모할머니는 불안을 감추려고 안간힘을 썼다.

「친척 중에 아픈 사람이 있어서 기타라마로 병문안을 가는 거예요.」

나는 그들 뒤의 방벽을, 어깨에서 흔들리는 무기들을 쳐다보았고 끽끽대는 가죽띠 소리와 양쪽 파피루스 둑 사이에 끼어 흐르는 붉은 황토색 강물, 수면에 일시적인 소용돌이를 내며 다리 밑으로 흐르는 그 강물의 소리를 들었다. 군인들의 말에 담긴 속뜻, 외제비 이모할머니의 몸짓에 담긴 공포, 엄마의 공포를 이해한다는 건 이상했다. 한 달 전이었다면 나는 아무것도 파악하지 못했을 것이다. 한쪽에는 후투족 군인들, 다른 쪽에는 투치족 가족들. 나는 그 증오의 장면을 눈앞에서 목격했다.

「가봐, 꺼져, 바퀴벌레 떼들!」 군인이 외제비 이모할머니의 얼굴에 신분증을 던지며 느닷없이 말했다.

다른 군인은 엄마에게 여권을 돌려주며 집게손가락 끝으로 난폭하게 엄마 코를 눌렀다.

「잘 가라, 암컷 뱀아! 그리고 프랑스인이라고 하니, 우리 친구 미테랑 아저씨한테 고개 숙여 절하고!」 그가 다시금 비웃으며 말했다.

외제비 이모할머니가 시동을 걸자 군인 하나가 차체를 걷어찼다. 다른 군인은 개머리판으로 뒤쪽 유리창을 깨부수어 크리스티앙과 내게 유리 조각이 날아왔다. 아나가 새

된 비명을 질렀다. 외제비 이모할머니는 전속력으로 차를 몰았다.

　잔의 집에 도착했을 때 우리는 여전히 충격에서 헤어나지 못했지만, 외제비 이모할머니는 좋은 날을 망치지 않도록 아무 말도 하지 말라고 당부했다.

　잔의 가족은 기타라마 고지대에 있는, 등대풀 울타리에 둘러싸인 수수한 붉은 벽돌집에 살았다. 잔의 부모님, 형제자매들이 우리를 기다렸고 우리는 환영의 의미로 정해진 기나긴 인사 의례를 거쳐야 했다. 독특한 방식으로 등과 팔을 만지작거리고 적절한 관례에 따른 몸동작이 수반되는 의례였다. 아나와 나는 서툰 몸을 어찌해야 할지 몰랐고 잔의 가족들이 키냐르완다어로 하는 질문에 대답할 수 없었다.

　그때 잔이 신부 드레스를 입고 나타났다. 거의 파시피크 삼촌만큼 키가 크고 기가 막힌 미인이었다. 잔은 손에 부상화 꽃다발을 들고 있다가 아나에게 주었다. 엄마가 살며시 잔에게 다가가 손으로 그의 얼굴을 감싼 뒤 귓전에 축복의 말 몇 마디를 속삭이고는 우리 가족이 된 것을 환영했다.

　예복으로 갈아입은 다음 우리는 걸어서 시청으로 향했

다. 지름길을 택했다. 진흙과 벽토로 된 작은 집들이 나란히 붙은 사이로 난 좁은 흙길이었다. 내가 크리스티앙과 앞서 걷고, 잔과 엄마는 미끄러지지 않으려고 조심하며 팔짱을 끼고 걸었다. 좁은 길은 부타레로 가는 넓은 포장도로로 이어졌다. 우리가 지나가자 구경꾼들이 돌아보고 자전거들이 멈춰 서고 사람들은 호기심에 차 집 밖으로 나와서 관찰했다. 시선들은 끈질겼고, 글자 그대로 우리를 꿰뚫었고, 그 자리에서 우리를 해부했다. 우리 행렬은 도시의 구경거리였다.

  잘 맞지 않는 회색 옷을 입은 파시피크 삼촌이 예식실에서 우리를 기다렸다. 순진하고 가벼운 표정이 돌아와 있었다. 호적 담당 관리는 바빠 보이고 조금 취한 것 같았다. 그는 단조로운 목소리로 부부의 권리와 의무가 언급된 법 조항들을 한참 읊었다. 시청에 모인 우리는 수가 그리 많지 않았고 가까운 가족들뿐이었다. 아무도 미소 짓지 않았고 몇몇은 하품하거나 바깥에서 햇빛 아래 흔들리는 긴 유칼립투스를 바라보았다. 파시피크와 잔, 두 사람은 감격을 숨기지 않았고 이미 남편과 아내라는 생각에 즐거운 듯했다. 둘은 서로에게서 눈을 떼지 않았고, 앞으로 올 행복에 미소 지었고, 틈만 나면 서로 어루만졌다. 그들은 대통령 사진 아래서 결혼 선서를 했다. 평화 협정 전 파시피크 삼촌이 맞서 싸웠던 바로 그 대통령이었다.

결혼식이 끝나고 우리는 잔의 집으로 돌아갔다. 하늘은 회색에 대낮인데도 거의 밤 같았고, 거센 바람이 도시 위로 붉은 먼지구름을 일으키고 몇몇 오두막의 양철 지붕을 벗겨 냈다. 외제비 이모할머니는 파시피크 삼촌에게 오후가 저물기 전 키갈리로 돌아가는 게 안전하겠다고 말했고, 그도 굳이 붙들지 않았다. 그는 위험을 잘 알았고 우리가 위험을 무릅쓰고 와줄 수 있던 것에 기뻐했다.

한차례 비가 내려 하늘을 씻고 사라진 태양을 돌려주는 바람에 출발이 늦어졌는데, 마침내 떠날 시간이 되었다. 잔은 우리에게 고마워하며 각자에게 선물을 주었다. 나는 테라 코타로 된 산고릴라 조각상을 받았다. 엄마는 잔의 팔을 놓지 않은 채 부줌부라에 와서 서로 속속들이 알게 될 날을 얼마나 고대하는지 몇 번이나 말했다. 엄마는 눈에 띄지 않게 잔의 늙은 아버지 주머니에 지폐가 든 작은 봉투를 찔러 넣었다. 그는 우스운 카우보이모자를 들어 올리며 감사를 표했다. 외제비 이모할머니는 잔과 함께 작은 정원 깊숙이 걸어 들어갔고, 젊은 신부의 아랫배에 양 손바닥을 대고 아기를 위한 기도를 몇 마디 했다. 벌써 떠난다는 데 놀라고, 결혼식 축하가 거의 비밀로 해치운 것처럼 이렇게 빨리 끝난 데 놀라며 다들 작별 인사를 주고받았다. 크리스티앙과 나는 트렁크 안 우리 자리에 앉았다. 파시피크 삼촌은 엄마 쪽 문을 닫으며 차 안으로 몸을 굽혔다.

「다음에 제대로 된 파티를 또 할 거야. 그때는 내가 기타를 가져오지!」

우리 모두 입을 모아 찬성했다.

「그런데 창문은 어떻게 된 거야, 이모?」

「아무것도 아냐, 가벼운 사고가 좀 났어.」 외제비 이모할머니는 얼버무렸다.

이모는 시동을 걸고 차를 몰아 좁은 마당에서 빠져나왔다. 대문을 나서기 전 나는 작별 인사를 하려고 뒤돌아보았다. 잔과 파시피크가 결혼식 복장을 하고 손을 잡은 채 맨 앞에 있었다. 옆에서 잔의 아버지가 머리 위로 모자를 흔들었다. 그들 뒤에는 잔의 가족이 가만히 서 있었다. 저무는 오후의 장밋빛 햇살이 옆에서 그들을 비춰, 그 장면은 그림 같은 분위기였다. 자동차는 이쪽저쪽으로 흔들리며 천천히 좁은 흙길을 내려갔다. 그들은 비탈길에 가려져 사라지고 말았다.

21

　나는 부엌 식탁 한구석에서 숙제를 마쳤다. 프로테는 생각에 잠겨 설거지를 했다. 라디오에서 부룬디의 새 대통령 시프리앵 은타랴미라의 연설이 나왔다. 프로데뷔 당원으로, 몇 달에 걸친 대통령 부재 이후 국회에서 선출된 대통령이었다.

　아침에 학교에서 멀지 않은 거리 한복판에서 살인이 일어났다. 오후 수업은 취소되었다. 르완다에서 돌아오고 학교가 개학한 이후 막다른 골목으로 친구들을 만나러 가지 않았다. 나는 공책을 덮고 우리 사이에 떠도는 거북함을 끝내기 위해 지노네 집에 가보기로 했다. 지노는 집에 없었고, 그래서 쌍둥이네 집에 갔다. 쌍둥이는 아르망과 함께 소파에 폭 파묻힌 채 쿵후 영화에 사로잡혀 있었다. 나는 거실 카펫에 누웠다. 눈앞에 영상이 펼쳐지는 동안 내

정신은 떠돌아다녔다. 꽤 오래 잠들어 있었던 게 분명했다. 눈을 뜨자 화면에 엔딩 크레디트가 천천히 지나가고 있었기 때문이다. 우리는 은신처에 가서 카드놀이를 하기로 했다. 폴크스바겐 콤비의 미닫이문을 열자 지노와 프랑시스가 담배 한 대를 나눠 피우고 있었다. 눈앞의 광경을 이해하기까지 시간이 좀 걸렸다.

「쟤가 여기 무슨 일이지?」 나는 격분해서 물었다.

「진정해. 내가 프랑시스에게 우리 패거리에 들어오라고 했어. 막다른 골목을 지키려면 우리에겐 애가 필요해.」

프랑시스는 자기 집처럼 느긋하게 좌석에 누워 불붙은 쪽으로 담배를 피우고 있었다. 아르망과 쌍둥이는 아무 반응도 없었다. 그래서 나는 문을 있는 힘껏 차서 닫았다. 배신당한 기분이었다. 빈터를 벗어났을 때 지노가 나를 붙들었다.

「돌아와, 가비! 가지 마!」

「너 어떻게 된 거야?」 나는 그를 밀치며 소리쳤다. 「쟨 우리의 숙적인데 우리 모임에 받아들이고 싶다고?」

「내가 잘 몰랐어. 걔에 대해 잘못 생각하고 있었어. 네가 생각하는 그런 애가 아니야.」

「그럼 강에서 했던 짓은? 잊어버렸어? 저 미친놈은 우릴 죽이려 했다고!」

「후회하고 있대. 며칠 후에 우리 집에 와서 대문을 두드렸어, 사과하려고…….」

「그걸 믿는 거야? 그것도 걔의 계략인 걸 모르는구나. 내 생일에 그랬던 것처럼.」

「아니야, 그렇지 않아, 가비. 네가 잘못 생각하는 거야. 걘 원칙이 있는 애야. 난 걔랑 얘기를 많이 해봤어. 나쁜 녀석은 아냐. 다만, 너도 알겠지만 걘 살면서 운이 별로 없었어. 걔도 어머니를 잃었어. 사실…… 너야 이해할 수 없겠지, 넌 어머니가 있으니까. 하지만 어머니를 잃으면 때때로 사람이 달라지기도 하고 거칠어지고, 또…….」

지노는 고개를 떨구고 신발 끝으로 땅을 후벼 파기 시작했다.

「지노…… 내 말은……. 네 어머니 일은 나도 마음 아파. 하지만 왜 내게 말하지 않았니?」

「모르겠어. 그리고 있잖아, 어머니가 정말로 죽은 건 아니거든. 설명하기 어려워. 난 어머니에게 말을 걸고, 편지를 쓰고, 가끔 어머니 목소리를 들을 때도 있어. 이해하겠니? 우리 어머닌 저기…… 어딘가에 계신 거야…….」

나는 그를 끌어안고 위로의 말을 하고 싶었지만 어떻게

186

해야 할지, 무슨 말을 해야 할지 몰랐다. 알았던 적이 없었다. 나는 지노와 아주 가까워진 기분이었고 지노를 잃고 싶지 않았다. 내 형제, 내 친구, 내 긍정적인 분신. 그는 내가 되고 싶은 모습이었다. 그에겐 내게 없는 힘과 용기가 있었다.

「지노, 내가 아직 네 제일 친한 친구 맞아?」

그는 내 눈을 바라보더니 내 뒤의 아카시아 덤불 쪽으로 갔다. 가시 하나를 부러뜨리고 빨아서 먼지를 없앤 다음 손가락 끝을 찔렀다. 핏방울로 말라리아 검사를 할 때처럼 피가 조금 맺혔다. 그는 내 손가락을 하나 쥐고 같은 가시로 찔러 피를 냈다. 그런 다음 우리 손가락을 맞붙였다.

「이게 네 질문에 대한 내 답이야, 가비. 이제 넌 나와 피로 맺은 형제야. 그 누구보다 널 사랑해.」

그의 목소리는 약간 떨렸다. 나는 목구멍이 따끔거리기 시작했다. 울 것 같아서 우리는 서로 쳐다보지 않았다. 우리는 손을 잡고 콤비로 돌아갔다.

프랑시스는 쌍둥이와 아르망과 신나게 떠드는 중이었다. 그들은 좀 전에 쿵후 영화를 볼 때와 똑같이 집중해서 프랑시스의 말을 듣고 있었다. 프랑시스의 이야기 솜씨는 쌍둥이보다 더 뛰어날 정도였고, 문장마다 자기가 만든 단어를 넣고 스와힐리어, 프랑스어, 영어, 키룬디어를 섞어 말했다.

바깥의 더위가 한풀 꺾이자 우리는 그에게 강에 가서 몸을 식히자고 했다.

「수영할 거라면 무하강보다 나은 곳이 있지.」 프랑시스가 말했다. 「따라와!」

큰길에서 그는 파란색과 하얀색으로 된 택시를 불렀다. 운전사는 애들 한 무더기를 태우고 싶지 않아 트집을 잡기 시작했지만 프랑시스가 1천 프랑짜리 지폐를 코앞에 들이밀자 바로 차를 출발시켰다. 믿을 수가 없었다, 정말 마술 같았다! 다 같이 막다른 골목을 벗어나게 되어 우리는 단박에 신이 났다. 쌍둥이는 계속 물었다.

「어디 가? 어디 가? 어디 가?」

「가보면 알아.」 프랑시스가 수수께끼처럼 답했다.

더운 바람이 차 안으로 들이쳤다. 아르망은 한 팔을 택시 밖으로 내놓고 손으로 바람을 맞으며 비행기 놀이를 했다. 도시는 활기찼고, 시장 근처는 떠들썩했고, 버스 터미널에는 자전거와 승합차가 뒤엉켜 있었다. 전쟁 중인 나라라는 게 믿기지 않았다. 육중한 망고나무들이 프랭스 루이르와가소레 도로를 장식했다. 긴 장대로 망고를 따느라 정신없는 다른 동네 아이들을 지나칠 때 지노가 택시 경적을 눌렀다. 택시는 도시 고지대로 올라갔다. 공기가 선선해졌다. 우리는 루이 르와가소레 왕자 묘의 대형 십자가와 국기 색깔의 뾰족한 아치 세 개를 지났다. 그 위에는 대문자로 국가 표어 〈통합, 노동, 진보〉가 쓰여 있었다. 벌써 수평선이 보일 만큼 높이 올라왔다. 부줌부라는 물가의 덱 체어 모양이었다. 산 능선과 탕가니카호 사이로 쭉 뻗은 해수욕장 같았다. 우리는 생테스프리 고등학교 앞에 섰다. 그 학교는 도시를 내려다보는 크고 하얀 배였다. 우리는 부줌부라의 이렇게 높이까지 올라와 본 적이 없었다. 프랑시스는 택시 운전사에게 1천 프랑짜리 지폐를 주고 거기서 기다리라고 했다.

학교 안으로 들어서자 굵고 따뜻한 빗방울이 떨어지기 시작해 먼지에 작은 분화구들을 만들었고 종아리에 흙탕물이 튀었다. 땅에서 젖은 흙냄새가 올라왔다. 학생들이 비를 피하려고 교실과 기숙사로 뛰어 들어갔다. 이내 텅 빈 넓은 구내에는 우리만 남았다. 우리는 프랑시스를 따라 오솔길을 걸어갔다. 나는 입을 벌리고 걸었고 빗방울이 혀에 떨어져 입천장을 식혀 주었다. 낮은 담장 뒤에 수영장이 있었다. 현실 같지 않았다. 시멘트로 된 다이빙대도 있는 진짜 올림픽 경기 규격의 수영장이었다. 프랑시스는 곧바로 옷을 모조리 벗고 수영장에 들어갔다. 지노도 그 뒤를 따랐다. 그리고 우리 모두, 부끄럼 타는 아르망까지 홀딱 벗고 무릎을 가슴팍에 붙여 몸을 둥글게 말고서 물속에 뛰어들었다. 비가 수면에 거세게 몰아치고 간간이 햇살이 비쳤다. 우리는 첫눈에 사랑에 빠진 날처럼 행복했다. 미친 듯이 웃으며 수영장 끝에서 끝까지 왔다 갔다 하고, 바보 같은 시합을 하고, 밑에서 서로 다리를 잡아당기고, 장난삼아 물에 빠지면서 기운을 다 뺐다. 프랑시스가 수영장 가에 서서 뒤로 공중제비 돌기에 성공했다. 친구들은 사로잡혔다. 지노가 제일 먼저였다. 그 놀라운 신체 능력의 재주 앞에서 지노의 눈은 반짝거렸다. 나는 따가운 질투를 느꼈다.

「높은 다이빙대에서도 할 수 있어?」 지노가 감탄해서 넋이 나간 채 물었다.

타닥거리는 비가 우리 얼굴을 후려쳤다. 프랑시스는 고개를 들고 대꾸했다.

「미쳤냐! 10미터는 된다고! 그러다 죽을걸.」

나는 1초도 망설이지 않았다. 지노에게 내가 프랑시스보다 훨씬 낫다는 걸 보여 주고 싶었다. 나는 물에서 나와 단호한 걸음으로 큰 사다리 쪽으로 갔다. 사다리는 미끄러 웠고 꼭대기는 안개에 가려 보이지 않았다. 올라가는 동안 얼굴에 물이 흘러내려 눈을 뜰 수 없었다. 나는 미끄러지지 않기를 기도하며 있는 힘을 다해 사다리를 움켜쥐었다. 다른 애들은 내가 미치기라도 한 듯 바라보았다. 꼭대기에 도착하자 나는 다이빙대 가장자리로 나아갔다. 밑에서 친구들은 반신반의하고 있었다. 친구들의 작은 머리가 풍선처럼 물 위에 떠 있었다. 어지럽지는 않았지만 심장이 비정상적으로 빠르게 펄떡이기 시작했다. 돌아가고 싶었다. 하지만 그랬을 때 프랑시스의 반응이, 비웃음과 겁쟁이 마마보이에 대한 빈정거림이 벌써 눈에 선했다. 그리고 지노는 실망하여 그의 편을 들고, 내게서 등을 돌리고, 우리 우정과 피의 서약을 잊을 터였다.

다이빙대 꼭대기에서 부줌부라와 광활한 평원이, 탕가니카호의 푸른 물 너머 자이르의 태곳적부터 있었을 산들이 보였다. 나는 알몸으로 내 도시 위에 있었고 열대의 비가 두터운 커튼처럼 내 몸을 흐르며 피부를 어루만졌다. 부드러운 구름들 속에 은빛 무지개의 광채가 떠다녔다. 친구들의 목소리가 들렸다. 「해치워, 가비! 잘한다, 가비! 힘내!」 두려움이 되돌아왔다. 오래전부터 나를 마비시키길 좋아했던 두려움이었다. 나는 수영장에서 등을 돌렸다. 이제 발뒤꿈치가 허공에 있었다. 나는 겁에 질려 오줌을 쌌고 노란 액체가 담쟁이덩굴처럼 다리를 감쌌다. 용기를 내기 위해 폭포수처럼 퍼붓는 빗속에서 수Sioux 부족의 함성을 질렀다. 내 다리는 용수철처럼 구부러져 나를 뒤로 내던졌다. 내 몸은 공중에서 한 바퀴 돌았고, 뭔지 모를 미스터리한 힘에 조종되어 동작은 완벽했다. 그다음에는 그저 우스꽝스러운 꼭두각시처럼 떨어지는 걸 느꼈다. 더 이상 내가 어디 있는지 알 수 없어졌을 때 물이 부드러운 팔로 나를 받아들이고, 소용돌이와 간지러운 공기 방울로 무더위의 열기처럼 감싸 놀라게 했다. 수영장 바닥에 닿자 나는 타일 바닥에 몸을 쭉 뻗고 내 공적을 음미했다.

수면 위로 올라오자, 대성공이었다! 친구들은 내게 몰려들어 〈가비! 가비!〉 노래했고, 북 치듯 수면을 두들겼고, 지노는 승리한 권투 선수처럼 내 팔을 쳐들었고, 프랑시스는 내 이마에 입을 맞추었다. 그들의 미끄러운 몸이 나를 스치고, 다가붙고, 껴안는 게 느껴졌다. 나는 해낸 거였다! 살면서 두 번째로 그 망할 두려움을 극복했다. 마침내 그 기괴한 껍질을 벗어던졌다.

나이 든 학교 수위가 와서 우리를 수영장에서 쫓아냈다.

우리는 젖은 옷을 챙겨 숨이 막히도록 웃으며 알몸으로 달아났다. 택시 기사 역시 벌레처럼 발가벗고 차에 올라타는 우리를 보고 웃음을 터뜨렸다. 빗속에 밤이 내렸다. 차는 전조등을 밝히고 키리리 동네의 구불구불한 도로를 천천히 내려갔다. 밖을 보려면 팬티로 유리창을 문질러 김을 없애야 했다. 부줌부라는 지금 빛의 농장, 평원의 어둠을 빛내는 반딧불의 밭이었다. 라디오에서 제프리 오리에마의 「마캄보」가 나왔는데, 그의 목소리는 한순간의 축복이었고 설탕 조각처럼 우리 영혼에 녹아들어 과도한 행복을 누그러뜨렸다. 그토록 자유롭고, 살아 있고, 머리부터 발끝까지 일치되었으며, 서로 같은 혈관으로 이어지고, 같은 관능적인 액체가 혈관에 흐르는 기분은 처음이었다. 나는 프랑시스에 대해 했던 생각을 후회했다. 그는 우리와 똑같은, 나와 똑같은, 선택의 여지가 없는 세상에서 힘닿는 대로 해나갔을 뿐인 아이였다.

그야말로 대홍수가 부줌부라를 덮쳤다. 배수로는 흘러 넘치고, 오물 가득한 흙탕물이 도시 꼭대기에서 호수까지 휩쓸어 내려갔다. 와이퍼는 별로 소용이 없어져 헛되이 앞유리를 닦느라 힘겨워했다. 칠흑 같은 밤 속에 자동차 불빛들이 도로를 쓸며 빗방울을 노란색과 하얀색으로 물들였다. 우리는 그 미친 듯한 오후의 출발점인 막다른 골목을 향해 돌아갔다.

무하 다리에서 택시가 갑자기 급정거했다. 아무도 예상치 못했기에 우리는 서로 부딪치고 앞으로 날아갔다. 프랑시스는 대시보드에 머리를 찧었다. 그가 고개를 들자 코피가 좀 나 있었다. 정신을 차릴 때쯤 우리는 택시 기사의 태도를 보고 얼어붙었다. 그는 굳어 있었다. 손은 운전대를 잡은 채 경직되고, 겁에 질린 눈은 도로를 뚫어져라 바라보며 그는 되풀이했다. 「셰이타니! 셰이타니! 셰이타니!」 악마를 뜻했다.

우리 앞, 전조등 빛이 비치는 곳을 조금 넘어 어둠 속에서 검은 말의 그림자가 지나가는 것을 우리는 보았다.

22

1994년 4월 7일 그날 아침, 전화벨이 받는 이 없이 울렸다. 아빠는 밤에 집에 들어오지 않았다. 결국 나는 전화를 받았다.

「여보세요?」

「여보세요?」

「엄마예요?」

「가비, 아버지 바꿔 주렴.」

「아빠 없어요.」

「뭐?」

엄마는 잠시 말이 없었다. 엄마의 숨소리가 들렸다.

「곧 가마.」

쿠데타 다음 날처럼 집 안에는 아무도 없었다. 프로테도, 도나시앵도, 야경꾼조차. 모두 사라졌다. 엄마는 오토바이를 타고 신속하게 도착했다. 헬멧을 쓴 채 바르자 계단을 뛰어 올라와 아나와 나를 품에 안았다. 엄마의 몸짓은 몹시 흥분되어 있었다. 엄마는 부엌에서 차를 준비해 거실로 와서 앉았다. 양손으로 찻잔을 들고 피어오르는 향긋한 김을 들이마셨다.

「아빠가 자주 너희 둘만 남겨 두니?」

내가 아니라고 대답하려던 찰나, 아나가 그렇다고 했다.

「쿠데타가 났던 밤에 아빠는 집에 없었어요.」 아나가 분풀이하려는 듯 말해 버렸다.

「나쁜 자식!」 엄마는 내뱉었다.

집에 돌아와 거실에 들어온 아빠는 누구에게도 인사하지 않았다. 그저 소파에 앉은 엄마를 보고 놀란 듯했다.

「당신이 여기 웬일이야, 이본?」

「밤새 애들끼리만 남겨 두다니 부끄럽지도 않아?」

「아, 그렇군……. 그 얘기를 해볼까? 정말로? 부부 생활의 터전을 떠난 건 당신이니, 당신이 비난할 입장은 아닐 텐데.」

엄마는 눈을 감았다. 그리고 고개를 숙였다. 코를 훌쩍이다가 블라우스 소매로 코를 닦았다. 아빠는 싸울 기세로 엄마를 매정하게 바라보았다. 고개를 돌려 우리를 본 엄마의 눈은 눈물로 붉어져 있었다. 엄마는 말했다.

「부룬디 대통령과 르완다 대통령이 어젯밤 살해당했어. 그들이 탄 비행기가 키갈리 상공에서 격추당했어.」

아빠는 안락의자에 털썩 주저앉았다. 망연자실한 채.

「잔과 파시피크가 연락이 안 돼. 외제비 이모도. 당신 도움이 필요해, 미셸.」

새 대통령 사망과 테러 소식이 발표되었음에도 부줌부라의 상황은 평온했다. 아빠는 프랑스 대사관 헌병들에게 연락했고 그동안 엄마는 르완다에 있는 가족에게 필사적으로 연락을 시도했다. 오후 끝 무렵 마침내 외제비 이모 할머니가 전화를 받았다. 아빠는 수화기로 대화를 같이 들었다.

「이본,」 외제비 이모할머니가 외쳤다. 「이본, 너니? 아니, 전혀 괜찮지 않아. 어젯밤 비행기가 폭발하는 소리를 들었어. 몇 분 후에 라디오에서 대통령의 죽음을 발표하고 테러를 투치족 소행으로 몰았어. 후투족 국민에게 보복으로 무기를 들라고 촉구했어. 난 그게 우리를 없애라는 그들의 신호라는 걸 알았어. 곧 사방에 바리케이드가 쳐졌어. 그 후로 민병대와 대통령 친위대가 도시를 누비고, 동네마다 샅샅이 뒤지고, 투치족, 반대파 후투족 집에 들어가 한 사람도 남김 없이 온 가족을 몰살해. 우리 이웃과 그 아이들이 오늘 새벽에 살해당했어. 바로 저기, 울타리 너머에서 말이야. 너무 끔찍했어, 하느님…… 우린 그들이 죽어 가는 모습을 지켜보면서 아무것도 할 수 없었어. 우린 공포에 질려 있어. 집 안에서 바닥에 엎드려 있어. 사방에서 기관총 소리가 들려. 혼자 아이 넷을 거느리고 내가 어떻게 할 수 있겠니? 이본, 우린 어떻게 될까? 유엔의 내가 아는 사람은 연락을 받지 않아. 희망이 거의 없어…….」

이모할머니의 목소리는 숨 가빴다. 엄마는 애써 이모할머니를 안심시키려 했다.

「그런 말 마, 외제비 이모! 나 미셸과 함께 있는데, 우리가 키갈리 프랑스 대사관에 연락해 볼게. 걱정하지 마. 분명 파시피크가 벌써 데리러 가는 길일 거야. 할 수 있으면 생트파미유 성당에 몸을 피하도록 해. 살인자들이 성당은 공격하지 않아. 1963년, 1964년 학살 때 기억나지? 그렇게 해서 살아남았잖아, 그들도 감히 더럽히지 못하는 성소니까…….」

「불가능해. 이 동네는 포위됐어. 애들을 데리고 나가는 위험을 감수할 수는 없어. 난 결정했어. 애들과 함께 기도하고, 가천장 속에 애들을 숨긴 다음 난 도움을 구하러 갈 거야.

하지만 지금 네게 작별 인사를 해두고 싶어. 그러는 게 나으니까. 이번에는 우리가 빠져나갈 확률이 거의 없어. 그들은 우릴 너무나 증오해. 이번에야말로 끝장내려고 해. 30년간 그들은 우릴 없애겠다고 말해 왔어. 지금이 그들에겐 실행에 옮길 시간이야. 그들 심장에 동정심은 이제 없어. 우린 이미 땅속에 묻힌 거나 마찬가지야. 우린 최후의 투치족이 될 거야. 간절히 부탁할게, 우리 이후로는 새로운 나라를 만들어 줘. 그만 끊어야겠다. 안녕, 내 자매, 안녕……. 우리 대신 살아 줘……. 네 사랑을 간직하고 떠날게…….」

수화기를 내려놓았을 때 엄마는 돌처럼 굳고, 이는 딱딱 부딪치고, 손은 떨렸다. 아빠가 엄마를 진정시키려고 품에 안았다. 엄마는 재빨리 정신을 추스르고 아빠에게 다른 번호로 전화를 걸어 보라고 했다. 그리고 다른 번호, 또 다른 번호…….

며칠 밤낮으로 부모님은 번갈아 전화를 붙들고 유엔, 프랑스 대사관, 벨기에 대사관에 연락을 시도했다.

「우리는 서양인만 피난시킵니다.」 상대방은 차갑게 대꾸했다.

「그들의 개와 고양이도 시켜 주겠죠!」 엄마가 격분해서 소리쳤다.

몇 시간, 몇 날, 몇 주에 걸쳐 르완다에서 오는 소식들은 파시피크 삼촌이 몇 주 전 예견했던 일이 사실임을 확인해주었다. 나라 전역에서 투치족은 치밀하고 철저하게 학살, 청산, 제거되었다.

엄마는 더 이상 먹지 않았다. 자지도 않았다. 밤이면 엄마는 조심스레 침대에서 나왔다. 엄마가 거실의 전화기를 집어 드는 소리가 들렸다. 천 번째로 잔 숙모와 외제비 이모할머니의 전화번호를 눌렀다. 아침에 보면 엄마는 소파에서 잠들어 있고, 귀 옆에 수화기가 놓여 있고, 공허한 연결음만이 울렸다.

매일같이 사망자 명단은 길어지고 르완다는 투치족이 사냥감인 거대한 사냥터가 되었다. 태어난 게 죄, 존재하는 게 죄인 인간. 살해자들이 보기에는 짓뭉개야 할 바퀴벌레, 기생충. 엄마는 스스로가 무능하고 무력하다고 느꼈다. 결단력과 에너지를 발휘했음에도 아무도 구할 수 없었다. 자기 민족, 자기 가족이 사라지는 걸 엄마는 아무것도 하지 못하고 목격했다. 엄마는 갈피를 잃고 우리에게서, 자신에게서 멀어졌다. 안에서부터 좀먹혀 들어갔다. 얼굴은 시들고 눈 밑은 축 처져 그늘지고 이마에 주름이 파였다.

집 커튼은 언제나 닫혀 있었다. 우리는 역광을 받으며 살았다. 넓고 어둑한 방들에서 라디오가 시끄럽게 울리며 비탄의 외침, 구조 요청, 견딜 수 없는 고통을 스포츠 결과, 주식 시세, 세상을 돌아가게 하는 사소한 정치적 소란 사이사이에 방송했다.

르완다에서, 전쟁이 아닌 그 일은 기나긴 석 달 동안 지속되었다. 그 기간에 우리가 뭘 했는지 기억나지 않는다. 학교도, 친구들도, 일상도 기억나지 않는다. 집에서 우리는 다시 네 식구가 되었지만, 거대한 검은 구멍이 우리를, 우리와 우리 기억을 삼켰다. 1994년 4월부터 7월까지 우리는 집 안에서, 전화기와 라디오 옆에서 멀리 르완다에서 자행되는 민족 학살을 겪었다.

6월 초 첫 소식이 닿았다. 파시피크 삼촌이 할머니 집에서 전화했다. 그는 살아 있었다. 누구의 소식도 몰랐다. 하지만 자기가 속한 르완다 애국 전선 군대가 기타라마를 점령할 예정이며 그 주 안에 잔의 집에 갈 수 있으리라는 건 알았다. 그 정보가 우리에게 다소나마 희망을 되찾아 주었다. 엄마는 먼 친척 몇 사람과 몇 안 되는 친구를 찾아내는 데 성공했다. 그들의 이야기는 언제나 끔찍했고 살아남은

게 기적이었다.

르완다 애국 전선이 전진했다. 르완다군과 학살을 자행하는 정부는 패주해 수도에서 달아나야 했다. 프랑스군이 대량 학살을 멈추고 나라 일부를 안정시키기 위해 〈터키석 작전〉이라는 이름의 인도주의적 대규모 작전을 개시했다. 엄마는 그게 제 동맹 후투족을 도우려는 프랑스 최후의 비겁한 일격이라고 했다.

7월, 르완다 애국 전선이 마침내 키갈리에 도달했다. 엄마, 할머니, 로잘리 증조할머니는 즉시 외제비 이모할머니, 이모할머니의 아이들, 잔 숙모, 파시피크 삼촌, 가족, 친구를 찾아 르완다로 떠났다. 누군가는 30년간의 유배 끝에 고국으로 돌아가는 거였다. 그들, 특히 늙은 로잘리 증조할머니는 그 귀향을 꿈꿔 왔다. 로잘리 증조할머니는 조상들의 땅에서 세상을 뜨기를 바랐다. 하지만 젖과 꿀이 흐르던 르완다는 사라졌다. 이제 그곳은 노천 시체 안치소였다.

23

학년이 끝났다. 부줌부라에서는 정치 상황 때문에 나라를 떠나는 첫 움직임이 시작되었다. 쌍둥이의 아버지는 프랑스로 아예 돌아가기로 마음먹었다. 그 소식은 단두대의 칼날처럼 느닷없이 닥쳤다. 우리는 쌍둥이네 집 대문 앞에서 작별 인사를 했다. 너무 빨랐다. 그들이 탄 차가 먼지구름 속에서 막다른 골목을 떠났다. 그때 프랑시스가 택시를 타고 공항까지 가서 마지막 인사를 하자는 생각을 해냈다. 우리는 그들이 비행기에 오르기 직전에 도착했다. 우리는 서로 껴안았다. 나는 편지 쓰겠다고 약속해 달라고 했다. 쌍둥이는 맹세했다.「하느님 이름 걸고!」

쌍둥이는 빈자리를 남겼다. 처음 빈터의 폴크스바겐 콤비에 모였을 때, 우리는 아르망의 장난에서 웃음소리가 사라지고 우리의 오후에서 이야기가 사라졌음을 느꼈다. 쌍둥이가 떠나면서 무엇보다 프랑시스의 자리가 커졌다. 그 때부터 우리가 하는 거라곤 말하는 일뿐이었다. 우리는 콤 비 좌석에 몇 시간이고 앉아 피터 토시의 오래된 카세트테 이프를 듣고, 싸구려 담배를 피우고, 프랑시스가 구멍가게 에서 사주는 맥주와 환타를 병째 들이켰다. 내가 낚시하러 가거나 강에 놀러 가거나 망고 따러 가자고 하면 친구들은 단칼에 거절했다. 그런 건 애들 놀이가 되었고, 우리는 그 럴 나이가 지난 거였다.

「우리 패거리의 진짜 이름을 찾아야 해.」지노가 말했다.

「벌써 있잖아! 키나니라 보이즈.」

지노와 프랑시스는 바보처럼 히죽거렸다.

「한심한 이름이야!」

「잊어버렸나 본데, 지노 네가 생각해 낸 이름이거든.」나 는 기분이 상해 말했다.

「어쨌거나 패거리라는 말은 그만둬야 해. 이제부터는 갱 이지.」프랑시스가 말했다.「부줌부라는 갱들의 도시야, 로 스앤젤레스나 뉴욕처럼. 동네마다 갱이 있어. 브위자에는 〈상 데페트〉, 응가가라에는 〈상 제셰크〉, 부엔지에는 〈시스 가라주〉……」

「그래, 그래, 〈시카고·불스〉랑 〈상 카포트〉도 있지.」지노가 랩하듯 말했다.

「우리는 키나나라 갱이 되는 거야.」프랑시스가 담배를
한 모금 빨며 말했다.「어떤 건지 설명해 줄게. 갱들은 무
장했고 서열에 따라 조직되어 있지.〈죽은 도시〉때는 길목
을 막고. 모두가 갱들을 존경해. 군인들도 그들은 가만히
내버려 뒤.」

「하지만〈죽은 도시〉에 동참할 건 아니지, 얘들아?」아르
망이 물었다.

「동네를 지켜야지.」지노가 대답했다.

「우리 아버지 알잖아. 내가〈죽은 도시〉날에 집 밖에 나
섰다간 도시만 죽는 게 아니라고, 친구.」아르망이 웃었다.

「걱정 마, 당장 길을 막자는 건 아니니까.」프랑시스는
우리의 대장처럼 굴기 시작했다.「난 그냥 우리가 무하 다
리를 봉쇄하는〈상 데페트〉와 잘 지냈으면 하는 거야. 우리
가 그들 편이고 필요하면 힘을 빌려줄 수 있다는 걸 보여
줘야지. 그러면 우린 문제없이 계속 동네를 통행할 수 있
고 필요할 때면 그들이 우릴 지켜 줄 거야.」

「난 그 살인자들하고는 조금도 관련되고 싶지 않아.」내
가 말했다.「그들이 할 줄 아는 거라곤 일 마치고 돌아가는
불쌍한 보이들을 죽이는 것뿐이야.」

「그들은 후투족을 죽이는 거야, 가비. 그리고 후투족은 우릴 죽이잖아!」지노가 대꾸했다. 「눈에는 눈, 이에는 이, 알지? 『성경』에도 나와 있어.」

「『성경』이라고? 들은 적도 없어! 은돔볼로[40] 노래라면 알지. 〈눈에는 눈, 백(百)에는 백! 백에는 백! 오! 오! 오!〉」

「그만해, 아르망!」나는 짜증이 나서 말했다. 「웃을 일 아니야.」

「그들이 르완다에서 우리 가족에게 무슨 짓을 했는지 봤지, 가비?」지노가 계속했다. 「우리 자신을 지키지 않으면 그들이 우릴 죽일 거야. 우리 어머니를 죽였던 것처럼.」

프랑시스가 우리 머리 위로 동그란 연기를 피워 올렸다. 아르망은 익살을 멈췄다. 나는 지노에게 그가 잘못 생각하는 거라고, 일반화하는 거라고, 매번 서로 복수하면 전쟁은 끝나지 않을 거라고 말하고 싶었지만 그가 어머니에 관해 밝힌 사실 때문에 마음이 불편했다. 그가 슬픔이 너무 커서 이성이 억눌린 거라고 생각했다. 논쟁이라는 게임에서 괴로움은 조커나 다름없어서, 내놓기만 하면 다른 논거를 모두 무너뜨린다. 어떤 의미로는 부당해 보였다.

「지노 말이 맞아. 전쟁에선 누구도 중립을 지킬 수 없

40 ndombolo. 수쿠스에서 유래한 빠른 리듬의 댄스 음악.

어!」프랑시스가 나를 머리끝까지 짜증 나게 하는 뭐든 다 안다는 태도로 말했다.

「네가 할 말은 아니지, 넌 자이르 사람이잖아.」아르망이 웃음을 터뜨리며 말했다.

「그래, 난 자이르인이지. 하지만 투치족 자이르인이야.」

「그건 또 몰랐네!」

「우리 같은 사람을 바냐물렝게[41] 라고 해.」

「그것도 처음 듣는 말이야.」아르망이 말했다.

「편을 택하고 싶지 않다면?」내가 물었다.

「선택권은 없어, 우리는 모두 어느 편에 속해.」지노가 적의 어린 미소를 지으며 말했다.

프랑시스와 지노가 매혹된 그 폭력, 그런 논의가 나는 지긋지긋했다. 은신처에 발길을 줄이기로 결심했다. 친구들과 전쟁에 대한 그들의 열광을 피하는 지경에까지 이르렀다. 나는 한숨 돌리고 기분을 전환할 필요가 있었다. 난 생처음 막다른 골목이 갑갑하게 느껴졌다. 내 걱정거리들이 맴도는 그 닫힌 공간이.

---

41 Banyamulenge. 자이르 남(南)키부주에 거주하는 르완다 출신의 투치족 집단을 가리키는 말.

어느 날 오후, 나는 에코노모폴로스 아주머니의 집 부겐빌레아 울타리 앞에서 그와 우연히 마주쳤다. 날씨 얘기를 몇 마디 주고받은 다음, 그는 내게 들어오라고 해서 패션프루트주스를 주었다. 널따란 거실에서 나는 방 한쪽 벽을 온통 뒤덮은, 천장까지 닿는 서가에 즉시 눈길이 끌렸다. 한 공간에 책이 그렇게 많은 건 본 적이 없었다. 바닥에서 천장까지.

　「이 책들을 다 읽으셨어요?」 나는 물었다.

　「응. 몇 번씩 읽은 것도 있지. 책은 내 인생의 열렬한 사랑이란다. 책들은 웃고, 울고, 의심하고, 성찰하게 하지. 탈출할 수 있게 해주고. 책들은 날 바꿔 놓고 내가 다른 사람이 되도록 했어.」

　「책이 우릴 바꿀 수 있어요?」

　「물론, 책이 널 바꿀 수 있고말고! 네 인생까지도 말이야. 첫눈에 반하는 사랑처럼. 그 만남이 언제일지 우린 알 수 없어. 책들은 겉보기와는 달라, 잠자는 정령이거든.」

　내 손가락이 서가를 쓸며 촉감이 서로 너무나 다른 책 표지들을 어루만졌다. 눈에 들어오는 제목들을 소리 없이 말해 보았다. 에코노모폴로스 아주머니는 아무 말 없이 나를 보고 있었는데, 내가 제목에 흥미를 느끼고 어떤 책에 한참 머무르자 나를 독려했다.

「가져가렴, 분명 마음에 들 거야.」

그날 밤 잠자리에 들기 전 나는 아빠의 책상 서랍에서 손전등 하나를 빌려 왔다. 이불 속에서 소설을 읽기 시작했다. 늙은 어부, 어린 소년, 커다란 물고기, 상어 떼의 이야기…… 읽어 나가면서 내 침대는 배로 변했고, 귀에는 매트리스 뱃전을 때리며 찰랑이는 파도 소리가 들렸고, 바다 내음과 침대 시트의 돛을 부풀리는 바람이 느껴졌다.

다음 날 나는 아주머니에게 책을 돌려주었다.

「벌써 다 읽었니? 대단하구나, 가브리엘! 다른 책을 빌려주마.」

다음 날 밤, 나는 서로 부딪치는 쇳소리, 말이 질주하는 소리, 기사들의 망토가 스치는 소리, 공주가 입은 레이스 드레스의 살랑임을 들었다.

또 다른 날은 전쟁으로 폐허가 된 도시에서 한 사춘기 여자아이와 그 가족과 함께 비좁은 방에 숨어 있었다. 여자아이는 제가 일기장에 담는 생각들을 어깨 너머로 들여다보게 해주었다. 두려움, 꿈, 사랑, 예전의 삶에 관한 이야기였다. 꼭 나인 것 같았고, 꼭 내가 쓴 일기 같았다.

책 한 권을 돌려줄 때마다 에코노모풀로스 아주머니는

내가 책을 어떻게 생각했는지 알고 싶어 했다. 나는 그런 건 뭐 하러 물어보나 싶었다. 처음에는 줄거리를 간단히 말하고 중요한 사건 몇 개와 장소와 중심인물들의 이름을 말했다. 그는 만족스러워했고 나는 무엇보다 그가 새 책을 빌려주면 빨리 집에 가서 탐독하고 싶은 마음이 컸다.

그러다가 내 감상, 내가 느낀 의문들, 저자나 등장인물들에 관한 의견을 말하기 시작했다. 그렇게 책을 계속해서 음미하고 이야기를 더 길게 즐겼다. 매일 오후 그를 찾아가는 게 습관이 되었다. 책 덕분에 나는 막다른 골목의 제한을 허물었고, 다시금 편히 숨 쉬었고, 세상은 우리가 두려움을 끌어안고 홀로 웅크리게 하는 울타리 너머까지 확장되었다. 나는 더 이상 은신처에 가지 않았고 친구들을 만나 그들이 나누는 전쟁, 〈죽은 도시〉, 후투족과 투치족 이야기를 듣고 싶지 않았다. 에코노모풀로스 아주머니와 나는 그의 정원에 있는 자카란다나무 아래 앉아 있었다. 그는 연철로 된 탁자에 차와 따끈한 비스킷을 차려 놓았다. 그가 손에 쥐여 주는 책들을 두고 우리는 몇 시간씩 이야기했다. 나는 속 깊이 숨어 있던, 나도 몰랐던 무한한 것들에 관해 말할 수 있다는 사실을 알게 되었다. 초록이 우거진 그 피난처에서 나는 취향, 욕망, 세상을 보고 느끼는 방식을 발견하는 법을 배웠다. 에코노모풀로스 아주머니는 내게 자신감을 심어 주고, 결코 나를 재단하지 않고, 내 말에 귀 기울이며 나를 안심시켜 주는 재능이 있었다. 충분히 토론하고 저무는 햇빛 속에 오후가 스러질 때면 우리는 별난 연인들처럼 정원을 산책했다. 교회의 둥근 천장 밑을 거니는 기분이었고, 새들의 노래는 속삭이는 기도 같았다. 우리는 그의 야생 난초들 앞에 멈춰 서고 히비스커스 울타리와 돌무화과나무 새순 틈을 누볐다. 그의 꽃밭은 동네 꿀벌들과 태양새들이 호사스러운 향연을 벌이는 장소였다. 나는 나무 발치의 마른 잎사귀들을 주워 책갈피로 삼았다. 우리는 시간을 끌려는 듯 풀밭 위에서 발을 끌며 거의 슬로 모션처럼 천천히 걸었고, 그러는 동안 막다른 골목은 서서히 밤에 덮였다.

24

엄마는 개학 날 르완다에서 돌아왔다. 〈죽은 도시〉 다음
날이었다. 학교 가는 길에는 불탄 차의 잔해들, 도로 위 돌
덩이들, 녹았거나 아직 연기가 나는 타이어들이 널려 있었
다. 도로변에 시체 한 구가 있었고 아빠는 우리더러 눈길
을 돌리라고 했다.

교장 선생님이 프랑스 대사관 헌병들을 대동하고는 우
리를 대운동장에 모아 놓고 새 안전 수칙을 발표했다. 학
교를 둘러쌌던 부겐빌레아 덤불 대신, 이따금 교실까지 들
어오는 길 잃은 총탄을 막기 위해 높은 벽돌담이 둘러쳐
졌다.

심한 불안이 도시를 덮쳤다. 어른들은 새로운 위험이 임
박했음을 느꼈다. 상황이 르완다 수준으로 악화하지 않을
까 두려워했다. 그리하여 사람들은 매일 조금씩 더 단단히

틀어박혔고 그 폭력의 계절은 쇠창살, 경비원, 경보기, 차단기, 금속 탐지기, 철조망이 늘어나는 결과를 불러왔다. 온갖 안심 장치로 우리는 폭력을 피하고 그로부터 거리를 둘 수 있다고 믿었다. 우리는 평화도 전쟁도 아닌 기묘한 분위기 속에 살았다. 익숙했던 가치들은 더 이상 통하지 않았다. 불안함은 배고픔, 목마름, 더위처럼 흔한 느낌이 되었다. 분노와 피가 일상적인 행동과 공존했다.

어느 날 퇴근 시간에는 중앙 우체국 앞에서 한 남자가 린치당하는 장면을 목격했다. 아빠는 차에 있었다. 아빠는 나를 보내 우리 우편함에서 우편물을 찾아오라고 했다. 나는 부디 로르의 편지가 있기를 빌었다. 내 앞을 지나가던 세 청년이 갑자기 아무 이유 없이 어떤 남자를 공격했다. 돌팔매질이었다. 길모퉁이에서 경찰 두 사람이 그 장면을 가만히 바라보았다. 행인들은 무료 만화 영화를 즐기듯 잠시 멈춰 섰다. 습격자 셋 중 하나가 플루메리아 꽃나무 아래 큰 돌을 가지러 갔다. 담배와 껌 행상인들이 그 위에 앉아 있곤 하던 돌이었다. 남자가 일어서려고 애쓰던 중 큰 돌이 그의 머리를 깨뜨렸다. 그는 아스팔트 위에 쭉 뻗었다. 셔츠 아래서 가슴이 세 번 들먹였다. 빠르게. 그는 숨을 쉬려 했다. 그러고는 아무 움직임도 없었다. 습격자들은 왔을 때와 마찬가지로 태연하게 떠났고, 행인들은 교통콘을 피하듯 시체를 피해 가던 길을 갔다. 도시 전체가 움직이며 활동을, 장보기를, 되풀이되는 일상을 계속했다. 교통은 혼잡하고, 승합차들은 경적을 울리고, 행상인들은 봉지에 든 물과 땅콩을 팔며 호객하고, 연인들은 우편함에 연애편지가 와 있길 바라고, 아픈 어머니를 위해 흰 장미를 사는 아이, 토마토페이스트값을 흥정하는 여자, 유행하는 머리 모양을 하고 미용실에서 나오는 10대 소년이 있고, 예전과 똑같은 정오의 햇빛 아래서 사람들은 얼마 전부터 전혀 처벌받지 않고 다른 사람들을 살해했다.

식탁에 앉아 있다가 우리는 자크 씨의 차가 대문 안으로 들어오는 것을 보았다. 레인지 로버에서 엄마가 내렸다. 엄마 소식이 끊긴 지 두 달째였다. 엄마는 몰라보게 변해 있었다. 엄마는 야위었다. 허리에 파뉴를 대충 두르고 갈색 셔츠를 헐렁하게 걸친 채였고 맨발은 때투성이였다. 우리가 알던 우아하고 세련된 젊은 도시 여성이 아니라 콩밭에서 돌아오는 흙투성이 농부 같았다. 아나는 계단을 뛰어내려가 엄마 품에 뛰어들었다. 엄마는 심하게 비틀거려 뒤로 넘어질 뻔했다.

나는 엄마의 수척한 얼굴, 검게 그늘진 노란 눈, 시들시들한 피부를 보았다. 열린 셔츠 깃 사이로 몸 여기저기 부스럼 딱지가 보였다. 엄마는 늙었다.

「부카부에서 이본을 찾았지.」 자크 씨가 말했다. 「부줌부라로 오던 길에 부카부를 벗어나다가 우연히 발견했어.」

자크 씨는 엄마를 똑바로 보지 못했다. 마치 엄마가 혐오스러운 것처럼. 그는 위스키를 따라 마시며 난처함을 해소하려고 말을 했다. 더위로 이마에 굵은 땀방울이 맺혔다. 그는 두꺼운 손수건으로 얼굴을 닦았다.

「부카부는 평소에도 심한 난장판이지만 지금은 보고도 믿지 못할 걸세, 미셸. 상상할 수 없는 정도라는 말도 부족해. 인간 쓰레기장이야. 발 닿는 곳마다 비참함의 진열장이지. 길거리에 난민이 10만 명이야! 완전히 질식할 지경이라네. 보도에 빈틈이라곤 한 치도 없어. 게다가 집단 탈출은 계속되고, 매일 수천 명씩 몰려들지. 그야말로 쏟아져 나와. 르완다는 2백만 명의 여자, 아이, 노인, 염소, 인테라함웨,[42] 옛 군대 장교, 정부 각료, 은행가, 성직자, 장애인, 무고한 자, 죄인, 기타 등등을 우리에게 흘려보내고 있어. 인류가 짊어질 수 있는 힘없는 사람들과 엄청난 개자

---

42 interahamwe. 르완다 대학살을 주도한 후투족 르완다 민병대.

식들 전부를. 그들은 시체를 먹는 개들과 다리 잘린 암소들과 언덕 옆의 시체 1백만 구를 뒤로하고 우리에게 와서 기아와 콜레라에 시달리고 있어. 키부가 이 똥구덩이에서 어떻게 다시 회복할 수 있을지 모르겠어!」

프로테가 엄마에게 감자퓌레와 쇠고기를 가져왔고, 아나가 우리 모두 걱정하던 바를 물었다.

「외제비 이모할머니랑 애들 찾았어요?」

엄마는 고개를 저었다. 우리는 엄마 입술만 쳐다보았다. 엄마는 아무 말 하지 않았다. 나는 파시피크 삼촌은 찾았냐고 물어보고 싶었지만, 아빠가 손짓으로 좀 기다리라는 신호를 했다. 엄마는 병든 노인처럼 느릿느릿 음식물을 씹었다. 피곤한 몸짓으로 물 잔을 집어 들어 조금씩 삼켰다. 빵 속살을 뭉쳐 작은 덩어리로 만들어 접시 앞에 나란히 늘어놓았다. 엄마는 우리를 쳐다보지 않았고, 음식에 정신이 팔려 있었다. 엄마가 요란하게 트림하자 우리는 모두 엄마를 뚫어지게 바라보았고, 식탁을 치우기 시작한 프로테조차 그랬다. 아무 일 아니라는 듯 엄마는 물 한 모금을 더 마시고 빵 한 조각을 삼켰다. 이런 옷차림, 이런 태도, 엄마가 이럴 리 없었다……. 아빠는 말을 걸어 보고 싶었지만 어떻게 해야 엄마를 다그치지 않으면서 말할 수 있을

지 몰랐다. 그럴 필요는 없었다. 엄마가 스스로 말하기 시작했다. 차분하고 느린 목소리, 내가 어렸을 때 나를 재우려고 전설을 들려주던 때와 같은 목소리였다.

「내가 키갈리에 도착한 건 7월 5일이었어. 르완다 애국 전선이 도시를 해방한 직후였지. 도로를 따라 시체가 끝없이 줄지어 바닥에 널려 있었어. 산발적인 총성이 들렸어. 르완다 애국 전선 군인들이 석 달 전부터 인간의 살을 먹이로 삼던 개 떼를 죽이고 있었어. 거리에는 넋 나간 눈빛의 생존자들이 떠돌았어. 난 외제비 이모네 대문 앞에 도착했어. 문은 열려 있었지. 대문 안으로 들어섰을 때 발길을 돌리고 싶었어. 악취 때문이었어. 그래도 용기를 끌어모아 들어갔어. 거실 바닥에 아이 셋이 있었어. 네 번째, 크리스티앙의 시체는 복도에서 찾았지. 카메룬 축구 선수 유니폼을 입고 있어서 알아본 거야. 외제비 이모를 찾아 사방을 뒤졌어. 흔적도 없었어. 동네에 날 도와줄 사람은 아무도 없었어. 난 혼자였어. 내 손으로 아이들을 정원에 묻어야 했어. 그 집에 일주일간 머물렀어. 외제비 이모가 결국은 돌아올 거라 여겼어. 아무래도 돌아오지 않기에, 난 파시피크를 찾으러 가기로 마음먹었지. 기타라마에 가서 잔을 만나는 게 그 애의 첫 번째 본능일 걸 알았거든. 잔의 집에 도착하자 집은 약탈당한 상태였지만 잔과 가족의 흔적은 없었어. 다음 날 르완다 애국 전선 군인 한 사람이 파시피크가 감옥에 있다고 알려 줬어. 그 애를 찾아갔지만 만나게 해주지 않았어. 난 사흘간 계속 찾아갔어. 나흘째 날 아침, 경비병 한 사람이 날 감옥 뒤편 바나나밭 언저리의 축구장으로 데려갔어. 르완다 애국 전선 군인들이 그곳을 감시했어. 파시피크는 거기 있었어. 풀밭에 쓰러져 있었어. 총살당한 직후였어. 경비병 말로는, 파시피크는 기타라마에 갔다가 아내와 처가 식구 모두가 집 마당에서 살해당했다는 걸 알게 됐대. 학살을 모면한 투치족 이웃들이 그에게 말하길, 그 짓을 저지른 건 한 무리의 후투족이고 여전히 도시에 있다고 했어. 파시피크는 중앙 광장에서 그들을 찾아냈어. 남자들 중 하나가 잔네 아버지의 모자를 쓰고 있었어. 여자 하나는 파시피크가 잔에게 약혼 선물로 준 꽃무늬 드레스를 입고 있었지. 내 동생은 미쳐 버리는 기분이었어. 탄창이 다 빌 때까지 네 사람을 쐈어. 즉각 군법 재판에 넘겨져 사형 선고를 받았지. 부타레에서 어머니와 로잘리 할머니를 다시 만났을 때, 난 거짓말을 했어. 그가 전투에서 사망했다고, 나라를 위해, 우리를 위해, 우리의 귀향을 위해 죽었다고 했어. 동족의 손에 죽었다는 사실을 견디지 못하실 테니까. 자이르에서 돌아온 아는 사람 하나가 부카부 근처 수용소에서 외제비 이모를 본 것 같다고 했어. 그래서 난 다시 길을 떠나 한 달 동안 찾아다녔어. 갈수록 더 멀리까지 걸어갔어. 난민 캠프들을 헤매고 다녔어. 투치족이라는 게 눈치채여 수십 번 살해당할 뻔했어. 무슨 기적인지 몰라도 자크 씨가 길가에서 날 알아봤고, 난 외제비 이모를 찾을 희망을 완전히 잃었어.」

엄마는 입을 다물었다. 아빠는 눈을 감은 채 고개를 뒤로 젖히고 있었고 아나는 아빠 품에서 흐느꼈다. 자크 씨가 위스키 한 잔을 가득 따랐다. 그는 투덜거렸다. 「아프리카는 개판이야!」

나는 뛰어가 내 방에 틀어박혔다.

25

　신발을 신지 않고 막다른 골목을 돌아다닌 탓에 나는 발바닥에 모래벼룩이 붙었다. 프로테가 작은 의자를 가져와 그 위에 내 발뒤꿈치를 얹고 도나시앵은 라이터로 바늘 끝을 지졌다.

　「울지 않을 거지, 가비?」 도나시앵이 말했다.

　「울긴, 가브리엘 도련님은 이제 다 큰 남자인걸!」 프로테가 정답게 나를 놀리며 말했다.

　「살살 해, 도나시앵!」 나는 그가 벌겋게 달아오른 바늘을 쥐고 다가오는 걸 보며 외쳤다.

　그는 단숨에 벌레를 떼어 냈다. 아픔은 찌릿했지만 참을 만했다.

　「요 벌레 큰 것 좀 봐! 소독약을 발라 줄 테니 앞으로는 절대 맨발로 다니지 않기야. 집 안에서도 안 돼!」

도나시앵은 발에 소독약을 발라 주었고 프로테는 내게 다른 벼룩은 붙지 않았나 확인했다. 나는 두 남자가 어머니처럼 다정하게 나를 돌봐 주는 모습을 바라보았다. 그들 동네에서 전쟁이 미쳐 날뛰는데도 그들은 거의 매일 일하러 나왔고 자기들의 공포나 불안을 절대 내비치지 않았다.

　「두 사람이 사는 동네 카멩게에서 군대가 사람들을 죽였다는 게 정말이야?」 나는 물었다.

　도나시앵은 내 발을 살며시 의자에 내려놓았다. 프로테가 그 옆에 와서 앉아, 팔짱을 끼고 하늘에서 선회하는 솔개들을 쳐다보았다. 도나시앵이 피로한 목소리로 말문을 열었다.

　「그래, 그건 이런 거야. 카멩게는 이 도시의 온갖 폭력의 중심지야. 매일 밤 우리는 불타는 잉걸불 위에서 잠들고 나라 위로 불길이 치솟는 걸 보지. 너무 높아 별들을 가리고, 감탄하고 싶어지는 불길이. 그리고 아침이 오면 우리는 아직 살아 있다는 것, 수탉의 노래를 듣는 것, 언덕을 비추는 빛을 본다는 것에 놀라. 아직 어엿한 남자가 되기 전에 난 우리가 살던 비참한 마을에서 달아나려고 자이르의 부모님 곁을 떠났어. 부줌부라에서 행복의 장소를 찾았고 이 도시는 내 도시가 되었지. 카멩게에서 내 평생 가장 아름다운 세월을 보냈지만 그 사실을 깨닫지조차 못하고 지냈어. 끊임없이 다음 날을 생각하고, 내일은 어제보다 낫기를 바랐거든. 행복은 뒤돌아볼 때만 보여. 다음 날? 봐. 이미 왔어. 그건 희망을 말살하고, 미래를 헛되이 하고, 꿈을 구기고 있어. 난 우리를 위해 기도했어, 가비, 할 수 있는 만큼 수없이 기도했어. 기도하면 할수록, 하느님이 우릴 저버리면 저버릴수록 그분의 힘에 대한 내 믿음은 커졌어. 하느님은 우리가 그분을 의심하지 않는다는 걸 입증해 보이도록 우리에게 시련을 겪게 하셔. 위대한 사랑은 신뢰로 이루어져 있다고 말씀하시는 것 같아. 우리를 고문하는 하늘 아래서도 만물의 아름다움을 의심해선 안 돼. 수탉의 노랫소리나 능선 위의 빛에 놀라지 않는다면, 네 영혼의 선함을 믿지 않는다면, 넌 더 이상 싸우지 않는 거고 이미 죽은 거나 마찬가지야.」

「내일은 태양이 뜰 거고 우리는 계속 노력하겠지요.」 프로테가 마무리를 지었다.

우리 셋이 말없이 침울한 생각에 잠겨 있는데 지노가 왔다.

「가비, 와봐! 너한테 보여 줄 게 있어.」

그는 들떠 있었다. 나를 의자에서 잡아끌더니 앞서 달리기 시작했다. 나는 질문 없이 절뚝거리며 따라갔다. 할 수 있는 대로 빨리 막다른 골목을 달려가 심하게 헐떡이며 그의 집에 닿았다. 프랑시스와 아르망이 부엌 식탁에 앉아 있었다. 지노가 냉장고 쪽으로 갔다. 거실에서 지노의 아버지가 타자기 두드리는 소리가 들렸다.

「자아, 이제 냉동고를 열어 봐.」 지노가 아르망과 나를 보며 말했다.

프랑시스도 한패라는 게 보였고, 그가 지노를 보는 공모자의 태도로 미루어 나는 최악의 경우를 염려했다. 아르망이 냉동고 손잡이를 잡아당겼다. 그게 뭔지 나는 바로 이해하지 못했다. 나는 두 물건 중 하나를 손으로 들었다.

「미친! 수류탄이잖아!」

당장 내려놓고 문을 닫고는 방구석으로 물러났다.

「수류탄 두 개에 얼마 줬는지 알아?」 지노가 흥분해서 말하더니 대답을 기다리지도 않고 말을 이었다. 「5천이야! 프랑시스가 〈상 데페트〉 사람을 알았어. 우리도 우리 동네를 돌본다고 했더니 싼값에 줬어. 원래 두 배는 비싸.」

「하지만 젠장, 지노, 냉동고에 망할 수류탄을 넣다니!」 아르망이 말했다. 「너 완전히 돌았구나.」

「넌 뭐가 문제냐?」 프랑시스가 아르망의 멱살을 쥐며 물었다.

「미친 새끼들!」 아르망이 몹시 당황해서 되풀이했다. 「수류탄을 사서 얼어붙은 쇠고기 안심 옆에 놓고는 나보고 뭐가 문제냐고?」

「입 다물어, 아르망. 우리 아버지가 듣겠어. 은신처로 가자.」

지노는 냉동고에서 수류탄을 꺼내 비닐봉지에 쑤셔 넣었고 우리는 폴크스바겐 콤비로 갔다. 차에 들어가자 프랑시스는 폭탄 두 개를 꺼내 뒷좌석 아래 수납공간에 감췄다. 좌석을 올리는데 망원경 하나가 눈에 띄었다.

「이건 왜 여기 있는 거야?」 나는 프랑시스에게 물었다.

「살 사람이 있거든. 돈이 있으면 저축해서 칼라시니코프 소총을 살 수 있어. 자베 시장에서 중고로 팔아.」

「칼라시니코프?」 아르망이 말했다. 「왜, 이란제 원자 폭탄을 사지 그러냐?」

「그 망원경 알아, 에코노모풀로스 아주머니 거야. 너 훔쳤어?」

「짜증 나게 굴지 마, 가비.」 프랑시스가 말했다. 「그 노인네는 신경 쓸 거 없어. 없어진 줄도 모를걸. 집구석에 골동품을 그렇게나 쌓아 놨으니.」

「당장 돌려줘야 해!」 내가 말했다. 「그분은 친구야, 그분한테서 도둑질하는 건 싫어.」

「양심의 가책 같은 건 집어치워.」 지노가 말했다. 「그 집 정원에서 망고 엄청 훔쳐서 그 할머니한테 되팔았잖아. 너도 그 그리스인 할머니 많이 등쳐 먹었으면서.」

「그건 예전 일이야! 그리고 망고와는 경우가 달라…….」

망원경을 가져가고 싶었지만 지노가 나를 뒤로 밀쳤다. 내가 물러나지 않고 덤벼들자 프랑시스가 뒤에서 나를 붙들고 팔을 단단히 조였다.

「이거 놔! 어차피 너희랑 더 어울리기도 싫어. 너 대체 어떻게 된 거야, 지노? 내가 알던 너 같지 않아. 네가 무슨 짓을 하는지 알기나 해? 네가 어떻게 되어 버렸는지?」

목소리가 떨렸고, 분노 때문에 나는 울고 있었다. 지노는 발끈해서 대꾸했다.

「가비, 이건 전쟁이야. 우리는 우리 골목을 지키는 거야. 우리가 지키지 않으면 놈들이 우릴 죽일 거야. 언제쯤 그걸 이해할래? 넌 어떤 세상에 사는 거야?」

「하지만 우린 어린애들 무리에 지나지 않아. 아무도 우리에게 싸우고 훔치고 적을 두라고 하지 않아.」

「우리 적은 이미 있어. 후투족이고 그들은 망설임 없이 애들을 죽여, 그 야만인 무리는. 놈들이 르완다에서 네 친척들에게 한 짓을 봐. 우리도 안전하지 않아. 우리 자신을 지키고 반격하는 법을 배워야 해. 놈들이 막다른 골목에 들어오면 넌 어쩔래? 망고를 팔 거야?」

「난 후투족도 투치족도 아냐.」 나는 대답했다. 「그건 내 역사가 아냐. 너희가 내 친구인 건 내가 너희를 사랑하기 때문이지 어떤 민족에 속하기 때문이 아니야. 나한테 그런 건 전혀 상관없다고!」

우리가 싸우는 동안 멀리 언덕 지대에서 AMX-10 장갑차의 발포음이 들렸다. 시간이 가면서 나는 우리를 둘러싼 전쟁의 음악적 영향력 가운데서 그 음을 알아듣는 법을 배웠다. 어떤 밤이면 총기 소리가 새들의 노랫소리나 기도 시간을 알리는 외침과 뒤섞였고, 나는 내가 누구인지 까맣게 잊고 그 기묘한 음의 세계가 아름답다고 여길 때도 있었다.

26

돌아온 후로 엄마는 집에 머물렀다. 엄마는 우리 방에서 내 침대 발치에 매트리스를 놓고 잤고, 시선을 허공에 둔 채 바르자에서 하루를 보냈다. 누구도 만나려 하지 않았고 일을 다시 시작할 기력도 없었다. 아빠는 엄마가 그런 일을 겪었으니 극복하기까지 시간이 필요하다고 했다.

아침에 엄마는 늦게 일어났다. 욕실에서 몇 시간이고 물 흐르는 소리가 났다. 그러고 나서 엄마는 테라스 소파로 왔고, 꼼짝하지 않고 앉아 천장에 지어진 말벌집만 쳐다보았다. 누군가 옆을 지나가면 엄마는 맥주를 달라고 했다. 엄마는 우리와 함께 식사를 들길 거부했다. 아나가 엄마 몫을 준비해 엄마 앞의 스툴에 놓아두었다. 엄마는 먹지 않고 깨작거렸다. 밤이 오면 엄마는 어둠 속에서 혼자 테라스에 남아 있었다. 우리 모두 잠든 지 한참 지나 늦게야

자러 왔다. 나는 결국 엄마의 상태를 받아들여, 더 이상 예전의 엄마 모습을 찾지 않게 되었다. 집단 학살은 출렁이는 시커먼 기름띠이고 거기서 익사하지 않은 자들은 평생 검은 기름을 뒤집어쓴 채 산다.

때때로 에코노모풀로스 아주머니네 집에서 책 더미를 옆구리에 끼고 돌아오면 나는 엄마 옆에 앉아 엄마에게 책을 읽어 주었다. 우리가 잃어버린 행복한 삶을 떠올리게 할 만큼 너무 즐겁지도 않고, 엄마의 슬픔을, 내면 깊숙이 고인 오물의 늪을 들쑤실 만큼 슬프지도 않은 이야기를 고르려고 애썼다. 내가 책을 덮으면 엄마는 내게 멍한 시선을 던졌다. 나는 낯선 사람이 되었다. 그러면 나는 엄마 눈 속 공허함에 겁먹어 도망치듯 테라스를 떴다.

어느 날 밤, 한밤중에 우리 방에 들어왔던 엄마가 의자에 발을 부딪히는 바람에 나는 잠에서 깼다. 엄마의 그림자가 어둠 속에서 비틀거리는 게 보였다. 엄마는 손으로 더듬어 아나를 찾았다. 침대 가에서 엄마는 동생 위로 몸을 굽히고 속삭였다.

「아나?」

「네, 엄마.」

「자니, 아가?」

「네, 잤어요…….」

엄마의 목소리는 술에 취해 늘어졌다.

「사랑한다, 우리 아가. 너도 알지?」

「네, 엄마. 저도 사랑해요.」

「거기 있을 때 네 생각을 했어. 네 생각을 많이 했단다, 우리 아가.」

「저도요, 엄마. 저도 엄마 생각 했어요.」

「네 오촌들, 그 애들 생각도 했니? 즐겁게 같이 놀았던 다정한 애들.」

「네, 생각했어요.」

「그래, 착하다…….」

그리고 잠시 침묵 후.

「그 여자애들이 기억나니?」

「네.」

「외제비 이모네 집에 도착했을 때 내가 처음 본 건 그 애들이었어. 거실 바닥에 쓰러져 있었지. 석 달 동안. 석 달 지난 시체가 어떻게 생겼는지 아니, 아가?」

「…….」

「무엇이라고도 할 수 없어. 부패물일 뿐이지. 그 애들을 붙잡고 싶었지만 그럴 수가 없었어. 손가락 사이로 흐르더

라. 그 애들을 긁어모았어. 조각조각. 지금 그 애들은 너희가 즐겨 놀던 정원에 있어. 나무 밑에, 그네 달린 나무 말이다. 기억나니? 대답해라. 기억한다고 말해 줘. 그렇게 말해.」

「네, 기억나요.」

「그런데 집 안에는 여전히 네 개의 자국이 바닥에 남아 있었어. 그 애들이 석 달간 있던 자리에 남은 커다란 흔적이. 나는 물과 스펀지로 문지르고 문지르고 또 문질렀어. 그런데 얼룩이 가시지 않더라. 물이 모자랐어. 동네에서 물을 찾아야 했지. 그래서 난 집집마다 찾았어. 그 집들에 들어가지 말아야 했는데. 살면서 절대 봐서는 안 될 것들이 있지. 약간의 물을 얻기 위해 그걸 봐야만 했어. 마침내 한 양동이를 채우자, 난 돌아가 계속해서 문질렀지. 손톱으로 바닥을 긁었지만 그 애들의 살점과 피는 시멘트에 스며들었어. 내 몸에 그 냄새가 옮았어. 절대 내게서 떨어지지 않을 그 냄새가. 씻고 또 씻어도 난 더럽고, 언제나 그 애들의 죽음 냄새가 나. 거실에 있던 세 개의 자국, 그건 크리스텔, 크리스티안, 크리스틴이었어. 복도에 있던 자국은 크리스티앙이었지. 난 외제비 이모가 돌아오기 전에 그 애들의 흔적을 없애야 했어. 왜냐하면, 아가, 엄마가 제집에

230

서 제 아이들의 피를 봐선 안 되는 거거든. 그래서 난 절대 사라지지 않을 그 얼룩들을 문지르고 또 문질렀어. 그건 시멘트에 스며들고 돌에 스며들어서……. 사랑한다, 우리 아가…….」

엄마는 아나를 굽어보고 숨 가쁘게 속삭이면서 무시무시한 이야기를 끝없이 계속했다. 나는 머리를 베개에 파묻었다. 알고 싶지 않았다. 아무것도 듣고 싶지 않았다. 쥐구멍에 들어가 웅크리고, 은신처에 틀어박히고, 막다른 골목 끝에서 세상으로부터 보호받고, 아름다운 추억에 잠기고, 유쾌한 소설 속에 살고, 책에 빠져 살고 싶었다.

다음 날 아침, 첫 햇살이 바닥 타일을 두드렸다. 6시밖에 안 되었는데 벌써 끔찍하게 더웠다. 그날 엄청난 뇌우가 온다는 예고였다. 나는 눈을 떴고, 엄마는 숨을 요란하게 쉬며 빛바랜 파뉴와 갈색 셔츠 차림으로 발이 비어져 나온 채 아나의 매트리스에 뻗어 있었다. 나는 동생을 흔들어 깨웠다. 동생은 기운이 하나도 없었다. 우리는 힘겹게 학교 갈 준비를 했다. 아무 말 없이. 나는 어젯밤 아무것도 못 들은 척했다. 아빠가 우리를 학교에 데려다줄 때도 엄마는 여전히 자고 있었다.

돌아오니 엄마는 바르자에 있었다. 시선은 말벌집을 향한 채였다. 눈은 빨갛고 머리는 흐트러져 있었다. 엄마 앞의 스툴에 놓인 맥주잔에서 거품이 올라왔다. 나는 대답을 기대하지 않고 인사했다.

　우리는 평소보다 일찍 저녁을 먹었다. 하늘은 험악했다. 공기 중에 습기가 가득했다. 견딜 수 없이 더웠다. 아빠와 나는 웃통을 벗고 있었다. 나는 식탁 위 포타주 그릇 옆쪽에서 피를 잔뜩 빤 모기들을 짓눌러 죽였다. 박쥐들이 집 위로 날아가는 소리가 들렸다. 도심의 케이폭나무를 떠나 탕가니카호 호숫가의 파파야나무로 밤의 약탈을 하러 가는 거였다. 아나는 밤잠을 못 자 기진맥진해서 고개를 끄덕이며 선 채로 잤다. 거실 유리문 너머 어둠 속, 미동도 없는 엄마의 음침한 윤곽이 테라스 소파에 보였다.

　「가비, 바깥 형광등을 켜렴.」 아빠가 시켰다.

　아빠가 엄마에게 이따금 보여 주는 사소한 마음 씀이 내게 위안이 되었다. 아빠는 여전히 엄마를 사랑했다. 스위치를 눌렀고, 빛이 빠르게 깜빡거리다가 엄마의 얼굴이 나타났다. 무표정한 얼굴.

　밤에 뇌우가 쏟아지기 시작해 폭우가 양철 지붕을 투둑투둑 때렸다. 여기저기 갈라진 막다른 골목의 길은 거대한 물웅덩이로 변했다. 물은 배수로와 도랑을 집어삼켰다. 번개가 하늘을 찢고, 우리 방을 비추고, 아나의 침대 위에 엄마의 형상을 그려 냈다. 엄마는 아나를 깨워 또 바닥의 핏자국 얘기를 하고 있었다. 엄마의 목소리는 음산했다. 깊은 동굴에서 나오는 것 같았다. 숨결에 밴 술 냄새가 방을 가로질러 나에게까지 풍겼다. 아나가 질문에 답하지 않으면 엄마는 아나를 거칠게 흔들었다가 귓가에 더듬더듬 다정한 말을 늘어놓으며 사과했다. 밖에서는 날개 달린 흰개미 떼가 땅속에서 나와 하얀 네온등 둘레에서 잔뜩 흥분해 요동쳤다.

우리는 살아 있다. 그들은 죽었다. 엄마는 그걸 견디지 못했다. 엄마는 우리를 둘러싼 세상보다는 덜 미쳤다. 엄마를 탓할 수는 없었지만, 나는 아나가 걱정되어 두려웠다. 엄마는 이제부터 매일 밤 아나가 엄마의 악몽 나라를 함께 거닐기를 요구했다. 아나를, 우리를 구해야 했다. 나는 엄마가 떠나기를, 우리를 평화롭게 놔두기를, 그래서 우리 영혼이 엄마가 겪은 공포에서 벗어나 다시 꿈을 꾸고 삶에 희망을 품을 수 있게 해주기를 바랐다. 왜 우리까지 괴로워해야 하는지 이해할 수 없었다.

나는 아빠를 찾아가 말했다. 아빠가 손을 쓰게 하려고

거짓말하고, 엄마의 난폭함을 과장했다. 아빠는 격노해서 서슬 퍼렇게 엄마와 얘기하러 갔다. 말다툼은 격해졌다. 엄마는 없어진 줄 알았던 기운을 되찾았다. 분노의 화신으로 변해 입가에 거품을 물었고 눈은 튀어나왔다. 두서없이 말을 늘어놓고, 온갖 언어로 우리를 욕하고, 프랑스인들이 집단 학살에 책임이 있다고 비난했다. 엄마는 아나에게 달려가 양팔을 붙잡고 야자나무 흔들듯 흔들었다.

「넌 네 엄마를 사랑하지 않는구나! 네 가족을 살해한 이 두 프랑스인이 더 좋다는 거지!」

아빠는 엄마의 손아귀에서 아나를 빼내려고 애썼다. 동생은 겁에 질려 있었다. 엄마의 손톱이 아나의 살에 박혀 피부를 찢었다.

「도와주렴, 가비!」 아빠가 소리쳤다.

나는 돌처럼 굳어 움직이지 못했다. 아빠가 엄마의 손가락을 하나하나 떼어 냈다. 아빠가 엄마의 손을 다 풀자 엄마는 돌아서서 낮은 탁자에 있던 재떨이를 집어 아나의 얼굴에 던졌다. 아나의 눈두덩이가 찢어져 피가 흐르기 시작했다. 잠시 어찌할 바를 모르는 순간이 오고, 모든 게 뒤엉켰다. 그러다가 아빠가 아나를 차에 싣고 응급실로 내달렸다. 나는 서 있던 자리에서 빠져나와 폴크스바겐 콤비로 피신했고 밤새 그러고 있다가 집에 돌아갔다. 돌아가자 엄마는 사라지고 없었다. 아빠와 자크 씨는 엄마를 찾으려고 며칠씩 도시를 샅샅이 뒤지고 가족에게, 친구들에게, 병원에, 경찰서에, 영안실에 연락했다. 헛수고였다. 엄마가 떠나길 바랐다는 데 죄책감을 느꼈다. 나는 비겁자에 이기주의자였다. 내 행복을 요새처럼 지키고 내 순진함을 예배당처럼 떠받들었다. 엄마는 목숨 걸고 소중한 사람들을 찾아 지옥 문턱까지 갔었는데, 나는 내 삶이 온전하기를 바랐다. 아나와 나를 위해서도 엄마는 똑같이 했을 것이다. 망설임 없이. 나는 그걸 안다. 엄마를 사랑했다. 그리고 엄마가 상처 입은 채 사라진 지금, 우리는 우리의 상처를 입은 채로 남았다.

27

크리스티앙에게

부활절 휴일에 네가 오기를 기다렸어. 네 침대는 내 침대 옆에 준비되었지. 머리맡에는 축구 선수 사진 몇 장을 붙여 놨어. 내 옷장에 네가 옷과 축구공을 둘 수 있게 자리도 마련해 놨어. 난 널 맞이할 준비를 다 했어.

넌 오지 않겠지.

시간이 없어 네게 하지 못한 얘기가 많아. 예를 들면 네게 로르 애기를 꺼낸 적 없다는 걸 깨달았어. 로르는 내 약혼자야. 그 애는 아직 그 사실을 몰라. 난 그 애에게 나와 결혼해 달라고 말할 예정이었어. 머지않아. 이곳이 평화로워지면 말이야. 로르와 나는 편지로 이야기를 주고받아. 비행기로 오가는 편지지. 아프리카와 유럽을 여행하는 종이학들. 내가 여자애와 사랑에 빠진 건 처음이야. 참 이상한 기분이야. 배 속에 열이 나는 것 같아. 친구들에게는 말 못 하겠어, 날 놀릴 거거든. 내가 허상을 사랑하는 거라 말하겠지. 난 그 애를 아직 한 번도 본 적 없으니까. 하지만 직접 만나지 않아도 내가 그 애를 사랑한다는 걸 알 수 있어. 편지만으로 충분해.

편지가 너무 늦었지. 요즘 어린아이로 남아 있느라 너무 바빴거든. 친구들 때문에 걱정이야. 친구들은 하루가 갈수록 내게서 멀어져. 어른들 이야기로 다투고, 적들을 만들어 내고 싸울 이유를 만들어 내. 아나와 내가 정치에 말려드는 걸 아빠가 금지한 이유를 잘 알게 되었어. 아빠는 피곤해 보여. 정신이 딴 데 가 있어. 냉담. 아빠는 악의가 날아들어 오지 못하도록 두터운 철갑으로 몸을 감쌌어. 하지만 속은 잘 익은 구아버 과육처럼 부드럽다는 걸 난 알아.

엄마는 너희 집에서 결국 돌아오지 못했어. 엄마의 영혼은 너희 집 정원에 남아 있어. 엄마는 심장에 금이 갔어. 엄마는 미쳐 버렸어, 널 죽인 세상처럼.

편지가 너무 늦었지. 난 각양각색의 목소리들이 내게 여러 얘기를 하는 걸 들었어……. 라디오에서 나이지리아 팀이 — 네가 응원하던 팀이었지 — 아프리카 네이션

스 컵에서 우승했다고 했어. 증조할머니는 우리가 사랑
하는 사람들은 우리가 그들을 계속 생각하는 한 죽지 않
는다고 했어. 아빠는 사람들이 전쟁을 벌이길 멈추는 날,
열대 지방에 눈이 올 거라고 말했어. 에코노모풀로스 아
주머니는 글이 현실보다 더 진실하다고 말했어. 우리 생
물 선생님은 지구는 둥글다고 했어. 내 친구들은 한쪽
편을 선택해야 한대. 엄마는 네가 오래오래 잠잔다고 말
했어. 네가 제일 좋아하는 축구팀 유니폼을 입고.

그리고 크리스티앙, 너는 앞으로 아무 말도 하지 않
겠지.

가비

28

아나는 테라스 타일 위에 엎드려 사인펜과 색연필을 주
변에 온통 늘어놓은 채 불타는 도시, 무장한 군인, 피투성
이 마체테, 찢어진 국기를 그렸다. 크레이프 냄새가 진동
했다. 프로테가 라디오를 시끄럽게 틀어 놓고 요리하고 있
었다. 개는 내 발치에서 평온히 잠잤다. 녀석은 때때로 깨
어나 미친 듯이 제 발을 깨물었다. 금파리들이 개 주둥이
근처를 맴돌았다. 나는 엄마가 테라스에서 앉아 있길 좋아
했던 자리에 앉아, 에코노모풀로스 아주머니에게 빌려 온
책 『아이와 강』[43]을 읽었다. 대문 쇠사슬이 풀리는 소리가
들렸다. 일어서니 남자 다섯 명이 길을 따라 오는 게 보였
다. 그중 한 사람은 칼라시니코프 소총을 들고 있었다. 그
자가 우리에게 집 밖으로 나오라고 했다. 그는 총구로 명

---

43 앙리 보스코의 1945년 작 소설.

령을 내렸다. 프로테는 두 손을 쳐들었고 아나와 나도 따라 했다. 사내들은 우리에게 무릎을 꿇고 양손을 뒤통수에 올리라고 명령했다.

「주인은 어디 있지?」칼라시니코프를 든 남자가 물었다.

「북쪽 지방으로 며칠 출타 중입니다.」프로테가 말했다.

남자들은 우리를 빤히 쳐다보았다. 젊었다. 몇 명은 낯이 익었다. 구멍가게에서 마주친 적 있는 게 분명했다.

「너, 후투족 녀석, 어디 살아?」남자가 프로테를 보고 말했다.

「한 달 전부터 이 집에 삽니다.」프로테가 말했다. 「불안한 사정 때문에 가족은 자이르로 보냈습니다. 난 저기서 잡니다.」그는 정원 구석에 있는 양철로 된 작은 오두막을 가리켰다.

「우린 후투족이 이 동네에 있는 게 달갑지 않아.」칼라시니코프를 든 남자가 말했다. 「알아들었나? 낮 동안은 일하게 해주지만 밤에는 집으로 돌아가란 말야.」

「제 동네로 돌아갈 수가 없습니다, 대장님. 우리 집은 불탔거든요.」

「징징대지 마. 아직 목숨이 붙어 있는 것만 해도 운 좋은 줄 알아. 네 주인은 프랑스인이고, 프랑스 놈들이 다 그렇듯 후투족을 더 좋아하니까. 하지만 여긴 르완다가 아니니

240

놈들이 제 법을 들이대진 않을 거다. 결정은 우리가 내려.」

그는 프로테에게 다가가 입에 총구를 쑤셔 넣었다.

「그러니 주말까지 네가 이 동네를 뜨거나 우리가 네놈을 처리하거나 둘 중 하나야. 그리고 너희 둘, 네 아비에게 우린 너희 프랑스인들이 부룬디에 있는 게 못마땅하다고 똑똑히 전해. 너흰 르완다에서 우릴 죽였거든.」

남자는 우리에게 침을 뱉고 프로테의 입에서 총을 뺐다. 그런 다음 나머지 일당에게 고갯짓을 했고 그들은 집에서 나갔다. 우리는 한참 기다렸다가 일어섰다. 그리고 집 앞 계단에 앉았다. 프로테는 아무 말도 없었다. 허탈한 시선이 땅바닥에 못 박혀 있었다. 아나는 아무 일 없었다는 듯 다시 그림을 그리기 시작했다. 잠시 후 아나는 고개를 들고 내 쪽을 보았다.

「가비, 엄마는 왜 우리가 르완다에서 우리 가족을 죽였다고 탓했을까?」

나는 동생에게 답해 줄 말이 없었다. 어떤 이들의 죽음과 다른 이들의 증오를 설명할 길이 없었다. 전쟁이란 어쩌면 그런 것일지 몰랐다, 아무것도 이해하지 못하는 것.

이따금 로르 생각을 했고 로르에게 편지를 쓰고 싶었지만 그만두었다. 무슨 말을 써야 할지 몰랐고 모든 게 너무 혼란스러웠다. 상황이 조금 나아지기를 기다렸다. 그러면 긴 편지를 써서 모든 걸 다 말하고 예전처럼 그 애를 웃게 할 수 있을 것 같았다. 하지만 지금 이 나라는 혀를 빼물고 거친 자갈밭 위를 걸어가는 좀비였다. 우리는 언제라도 죽을 수 있다는 생각을 길들였다. 죽음은 더 이상 멀고 추상적인 것이 아니었다. 죽음은 일상의 평범한 얼굴을 하고 있었다. 그런 통찰을 안고 살아가는 건 결국 자기 안의 어린 시절 부분을 망가뜨렸다.

부줌부라에서 〈죽은 도시〉 작전이 늘어났다. 황혼에서 새벽까지 동네에 폭발음이 울렸다. 밤은 언덕들 위로 짙은 연기를 피워 올리는 화재의 빛으로 붉게 빛났다. 우리는 자동 화기의 일제 사격과 탁탁거리는 소리에 너무도 익숙해져 굳이 복도에 나가 자지도 않았다. 침대에 누워 하늘을 날아가는 예광탄의 장관에 감탄할 수 있었다. 다른 때, 다른 장소에서였다면 별똥별을 보았다고 여겼을 것이다.

총기 소음보다 침묵이 훨씬 더 불안했다. 침묵은 소리 없는 무기로 자행되는 폭력과 야간 침입을 선동하고 우리는 그것들이 다가오는 걸 느낄 수 없다. 공포가 척수에 파고들어 가시지 않았다. 때때로 나는 물에 젖어 추위에 떠는 작은 개처럼 떨었다. 집 안에 칩거했다. 막다른 골목으로 나갈 용기가 없었다. 가끔 아주 빠르게 길을 건너 에코 노모풀로스 아주머니에게 새 책을 빌리러 갈 때는 있었다. 그런 다음 곧장 돌아와 상상의 벙커에 틀어박혔다. 침대에서, 이야기 속에서 나는 한결 견딜 만한 다른 현실들을 찾았고 내 친구인 책들은 나날을 빛으로 다시 칠했다. 전쟁은 분명 언젠가 끝날 거라고, 그러면 나는 책장에서 눈을 들고 내 방과 내 침대를 떠날 테고, 엄마는 돌아와 아름다운 꽃무늬 드레스를 입고 아빠의 어깨에 머리를 기댈 테고, 아나는 다시 굴뚝에서 연기가 피어나고 마당에는 과일나무들이 있고 햇빛이 찬란히 빛나는 빨간 벽돌집을 그릴 테고, 친구들은 나를 데리러 와서 예전처럼 함께 바나나나무 줄기로 만든 뗏목을 타고 무하강을 따라 터키석색 호수까지 내려간 다음 아이들답게 웃고 놀며 호숫가에서 하루를 보낼 거라고, 나는 자신에게 말했다.

아무리 간절히 희망해도 현실은 집요하게 내 꿈들을 구속했다. 세상과 그 폭력은 매일 조금씩 가까이 다가왔다. 우리의 골목은 친구들이 중립을 지키지 않겠다고 결심한 이후로 더 이상 내가 바랐던 평화의 안식처가 아니었다. 그리고 침대 속 벙커에서조차, 친구들과 다른 모든 이들이 결국 나를 내몰았다.

29

도시는 죽었다. 갱들이 주요 도로를 막았다. 증오가 길로 나왔다. 부줌부라에서 새로운 암흑의 날이 시작되었다. 하루 더. 각자 제집에 머물 것을 명령받았다. 은둔하라고. 소문에 따르면 전날 내륙 지방에서, 후투족 반군이 주유소에서 투치족 학생들을 산 채로 불사른 사건 때문에 도시 길목을 막은 투치족 갱단 청년들의 분노가 한층 거세졌다고 했다. 투치족 갱들은 감히 밖으로 나오는 후투족 모두에게 앙갚음할 작정이었다. 아빠는 며칠 버틸 식량을 비축했다. 우리는 긴 기다림의 나날을 대비했다. 내가 그동안 읽을 책들을 빌리러 에코노모풀로스 아주머니네 댁에 다녀와서 침대에 파묻혀 이야기에 푹 빠질 작정으로 큰 잔에 응유를 따르고 있을 때, 지노가 부엌문을 두드리는 소리가 들렸다.

「여긴 웬일이야?」 나는 문을 열며 소곤거렸다. 「오늘 같은 날 나다니는 건 미친 짓이야.」

「만날 벌벌 떨지 좀 마, 가비! 따라와. 심각한 일이 생겼어.」

지노가 더 이상 말해 주려 하지 않았으므로 나는 급히 신발을 꿰신었다. 거실에서 아빠와 아나가 만화 영화를 보며 웃는 소리가 들렸다. 나는 소리 없이 밖으로 빠져나가 화살처럼 내달리는 지노의 뒤를 따라갔다. 우리는 지름길을 택해 울타리를 타 넘고 국제 고등학교 축구장을 가로질렀다. 철책 틈으로 지노네 집 땅에 들어가 정원을 지났다. 지노 아버지의 영원한 올리베티 타자기 소리가 들렸다. 우리는 대문을 뛰어넘고 오른쪽으로 꺾어 막다른 골목 끝으로 향했다. 골목은 텅 비어 있었다. 길을 거슬러 올라갔다. 사람 그림자도 없었다. 문 닫은 구멍가게 앞을 지났다. 이어서 카바레를. 왼쪽으로 돌아 빈터에 이르렀다. 식물이 자라 도로에서 보면 폴크스바겐 콤비가 보이지 않았다.

은신처 문을 열기 전 불길한 예감이 들었고 뭔가가 내게 집에 돌아가라고, 책 속으로 돌아가라고 속삭였다. 지노는 생각할 짬을 주지 않고 미닫이문을 열었다.

아르망이 옷이 피투성이가 된 채 콤비의 먼지투성이 좌

석에 엎드려 있었다. 울음 때문에 가슴팍이 격하게 들먹였다. 그는 사이사이에 거친 헐떡임을 내뱉었다. 지노는 눈썹을 찡그리고 이를 갈았고 콧구멍은 분노로 파르르 떨렸다. 「아르망 아버지가 매복 습격에 당했어. 어젯밤, 막다른 골목에서. 아르망은 병원에 갔다 온 거야. 부상이 심해 이겨 내지 못했대. 끝난 거야.」

다리에 힘이 빠져, 나는 조수석 머리 받침을 있는 힘껏 부여잡았다. 머리가 빙빙 돌았다. 지노는 험악한 기색으로 콤비에서 나가 더러운 물이 고인 낡은 타이어 위에 앉았다. 그는 손에 얼굴을 파묻었다. 나는 넋이 나간 채, 제 아버지의 피로 더러워진 옷을 입고 흐느끼는 아르망을 쳐다보았다. 그가 존경하는 만큼 두려워하기도 했던 아버지. 사람들이 우리 골목에 와서 그를 살해했다. 우리의 평화로운 안식처에서. 내게 남아 있던 얼마 안 되는 희망이 날아갔다. 이 나라는 죽음의 덫이었다. 나는 큰 들불 한복판에서 겁에 질려 미친 동물 같은 기분이었다. 최후의 빗장이 날아갔다. 전쟁은 방금 우리 동네까지 들이닥쳤다.

「누가 그런 거야?」

아르망이 적의 어린 눈길로 나를 보았다.

「당연히 후투족이지! 아니면 누구겠어? 놈들은 계획적

이었어. 채소 바구니를 들고 우리 집 대문 앞에서 몇 시간이나 기다렸어. 부가라마에서 온 채소 재배인인 척한 거야. 놈들은 집 앞에서 아버지를 칼로 찌르고 농담하면서 태연하게 떠났어. 내가 그 자리에서 다 봤어.」

아르망이 다시 흐느끼기 시작했다. 지노는 일어서서 자동차 차체에 주먹을 힘껏 여러 방 날렸다. 그는 화를 주체하지 못해 쇠막대를 움켜쥐고 콤비의 앞 유리와 백미러를 박살 냈다. 나는 그러는 그를 바라보았다. 얼이 빠져서.

프랑시스가 어두운 낯으로 왔다. 투팍 셔커처럼 반다나를 두르고 있었다. 그는 말했다.

「가자, 우릴 기다려.」

지노와 아르망은 아무 말 없이 그를 따라갔다.

「어디 가는데?」 내가 물었다.

「우린 우리 동네를 지킬 거야, 가비.」 아르망이 손등으로 콧물을 훔치며 대꾸했다.

보통 때였다면 나는 발길을 돌렸을 것이다. 하지만 전쟁은 지금 우리 동네에 왔고 우리를 직접 위협했다. 우리와 우리 가족을. 아르망의 아버지가 살해된 지금은 더 이상 선택의 여지가 없었다. 그런 문제들이 나와 관련 없다고 믿기를 원했다고 지노와 프랑시스는 나를 충분히 비난했다. 일어난 일들은 그들이 옳았음을 증명했다. 죽음은 음험하게 우리 골목까지 들어왔다. 지상에 성역이란 존재하지 않았다. 나는 여기, 이 도시, 이 나라에 살았다. 더 이상 다른 수가 없었다. 친구들과 함께 나아갔다.

　막다른 골목은 고요했다. 신발에 밟히는 자갈 소리만 들렸다. 주민들은 구멍 깊숙이 틀어박힌 두꺼비처럼 저마다 집에 숨어 있었다. 바람 한 점 없었다. 자연도 입을 다물었다. 길 끝에서 택시 한 대가 엔진을 켜놓고 기다리고 있었다. 프랑시스가 올라타라고 손짓했다. 운전사는 선글라스를 꼈고 왼뺨에 칼자국이 있었다. 그는 대마초를 피웠다. 프랑시스는 라스타파리안식으로 주먹끼리 부딪쳐 그와 인사했다. 차가 천천히 출발했다. 몇 미터 못 가 무하 다리 입구에서 차가 멈췄다. 거기엔 〈상 데페트〉 갱단 청년들이 지키는 동네의 주요 차단 지점이 있었다. 도로를 막고 늘어선 철조망 뒤로 타이어들이 불탔다. 짙은 검은 연기 때문에 다리 한가운데서 무슨 일이 벌어지는지 분간할 수 없었다. 청년 한 무리가 소리를 지르며 바닥에서 움직이지 않는 검은 덩어리에 야구 방망이와 큰 돌 세례를 퍼붓고 있었다. 그들은 그게 즐거운 듯했다. 우리를 보자 갱 단원 몇 명이 맞이하러 왔다. 프랑시스는 그들 모두를 친근하게 이름으로 불렀다. 나는 집에 찾아와 우리를 위협했던 칼라시니코프를 든 남자를 알아보았다. 지노와 나를 보자 그가 말했다.

「이 백인 두 놈은 여기 무슨 볼일이야?」

「괜찮아요, 대장, 애네는 우리 편이에요. 어머니가 투치 족이거든요.」 프랑시스가 말했다.

남자는 불신의 기미로 우리를 살펴보고 망설였다. 그는 다른 이들에게 몇 가지 지시를 내리고 차에 올라타 우리 옆에 앉았다. 다리 사이에 낀 칼라시니코프의 탄창에 넬슨 만델라, 마틴 루서 킹, 간디 스티커가 잔뜩 붙어 있었다.

「운전사, 출발해!」 그가 차 문 바깥쪽 철판을 두드리며 말했다.

청년 하나가 도로의 철조망을 걷었다. 차는 아스팔트에 널린 돌 틈을 조심스레 지그재그로 누볐다. 플라스틱 타는 냄새가 눈을 찔렀고 기침이 났다. 다리 위에서 날뛰는 무리에 가까이 가자, 칼라시니코프를 든 남자가 운전사에게 멈추라고 명령했다. 갱 단원들은 명랑하게 길을 비켰다. 나는 등골이 서늘했다. 그들 발치에서, 뜨거운 아스팔트 위에서, 폰 고첸 씨네 검은 말 아틸라가 죽어 가고 있었다. 아틸라는 폭우가 내리던 밤 우리가 언뜻 그림자를 봤던 그

장소에 있었고, 다리는 부러지고 몸에는 피투성이 상처가
여기저기 벌어져 있었다. 청년들의 분풀이였다. 말은 고개
를 들고 내 쪽을 보았다. 성한 한쪽 눈이 집요하게 나를 쳐
다보았다. 칼라시니코프를 든 남자가 차창 밖으로 총구를
내밀었고 청년들이 흩어졌다. 그는 〈Bassi(그만)! 이제 됐
어!〉라 외쳤고 사격이 개시되었다. 나는 소스라쳤다. 아르
망이 내 반바지를 움켜쥐었다. 그날의 오락거리를 너무 빨
리 잃어 실망한 기색이 역력한 청년들의 눈길을 받으며, 차
는 다시 출발했다.

카본도 동네에서 차는 강을 따라 난 울퉁불퉁하고 좁은
길로 접어들었다.

「네가 살해당한 대사의 아들이냐?」 칼라시니코프를 든
남자가 물었다.

아르망은 쳐다보지 않고 고개만 끄덕였다. 택시는 강 쪽
으로 돌출된 홍토(紅土)로 된 곳에 도착했다. 거대한 케이
폭나무들이 그곳을 둘러싸고 있었다. 우리는 차에서 내렸
다. 동네 다른 청년들도 거기 있었다. 모범생이라 여겼던
좋은 집안 아들들이 몽둥이와 돌로 무장하고 있었다. 지독
하게 얻어맞은 한 남자가 땅에 널브러져 있었다. 붉은 먼
지가 그의 얼굴과 옷을 뒤덮었고 정수리에 난 상처에서 흘

러 엉겨 붙은 피와 뒤범벅되었다.

다른 사람들이 클랩턴이라 부르는 칼라시니코프를 든 남자가 아르망의 팔을 붙잡고 말했다.

「이 후투 놈이 네 아버지를 죽인 놈들 중 하나다.」

아르망은 움직이지 않았다. 클랩턴이 제일 먼저 남자를 때렸고 다른 이들이 뒤따랐다. 구타가 빗발처럼 쏟아졌다. 지노와 프랑시스도 흥분에 이끌려 무리에 가세했다. 그 순간 오토바이 한 대가 전속력으로 도착했고 헬멧 쓴 사내 둘이 내렸다.

「대장이야.」 클랩턴이 말했고, 무리는 전부 구타를 멈췄다.

프랑시스가 아르망과 내 쪽을 보고 자랑스럽게 알렸다.

「어이, 애들아, 처신 똑바로 해. 이분이 바로 〈상 데페트〉의 우두머리셔! 너희들 못 믿을걸!」

오토바이 뒤에 탔던 사내가 헬멧을 벗어 운전하던 자에게 내밀었다. 내가 거기, 자기가 거느린 갱 청년들 가운데, 〈죽은 도시〉의 한낮에, 땅에서 신음하는 남자 옆에 있는 모습을 보자 그는 제 눈이 의심스러웠던 것 같다. 이노상이었다. 그가 미소 지었다.

「이게 누구야, 가비. 우리 편에서 널 보게 되어 기쁘다.」

대답하지 않았다. 나는 똑바로 선 채 이를 악물고 주먹을 꽉 쥐었다.

　이윽고 갱 청년들이 쓰러진 남자의 양팔을 등 뒤로 결박해 묶었다. 그가 있는 힘껏 몸부림쳤으므로, 몇 번을 시도하고서야 그를 꼼짝 못 하게 하는 데 성공했다. 혼란스러운 와중에 그의 주머니에서 신분증이 빠져 먼지 속에 떨어졌다. 사람들은 그를 묶은 후 택시에 실었다. 흉터 있는 운전사가 트렁크에서 휘발유 통을 꺼내 차 좌석과 보닛에 붓고 문을 닫았다. 남자는 겁에 질려 쉼 없이 울부짖으며 살려 달라고 애원했다. 이노상이 주머니에서 라이터를 꺼냈다. 나는 자크 씨의 지포 라이터를 알아보았다. 전쟁 얼마 전 내 생일에 그가 도둑맞은, 사슴이 새겨진 은제 라이터였다. 이노상이 아르망에게 라이터를 내밀었다.

　「네 아버지의 복수를 하고 싶다면…….」

　아르망은 얼굴을 흉하게 찡그리고 뒷걸음치며 고개를 저었다. 그때 클랩턴이 다가섰다.

　「대장, 요 꼬마 프랑스 놈에게 정말 우리 편인지 증명해 보이라고 하는 건 어때요.」

　이노상은 자기가 먼저 그 생각을 해내지 못했다는 데 놀라며 미소 지었다. 그는 불 켜진 지포 라이터를 들고 내게

다가왔다. 관자놀이와 심장이 터질 듯이 쿵쿵거렸다. 나는
도움을 구하려 오른쪽으로, 왼쪽으로 고개를 돌렸다. 무리
에서 지노와 프랑시스를 찾았다. 그들과 눈이 마주치자 그
들 역시 다른 자들과 똑같은 죽음의 얼굴을 하고 있음을
보았다. 이노상은 내 손에 라이터를 쥐여 주며 던지라고
명령했다. 택시 안의 남자가 나를 뚫어져라 바라보았다.
귀가 웅웅거렸다. 모든 게 어지러웠다. 갱의 청년들은 나
를 밀치고, 때리고, 얼굴에 대고 고함을 질렀다. 멀리서 지
노와 프랑시스의 목소리가, 야수의 울부짖음이, 열광한 증
오의 일제 사격이 들렸다. 클랩턴이 아빠와 아나 이야기를
했다. 살인을 부르짖는 외침과 주변의 시끄러운 웅성거림
속에서 간신히 그의 협박을 알아들었다. 이노상이 짜증을
내며 내가 하지 않는다면 골목에 가서 직접 우리 가족을
처리하겠다고 했다. 침대에 누워 텔레비전을 보는 아빠와
아나의 평화로운 이미지가 눈앞에 떠올랐다. 그들의 순진
함, 구렁텅이를 피해 걸으려 발버둥치는 이 세상 모든 순
진함의 이미지. 나는 그 순진함을, 나를, 또 모든 것을 악의
와 증오와 죽음으로, 용암으로 뒤바꾸는 탐욕스러운 공포
때문에 망쳐진 순수함을 가엾게 여겼다. 주변은 흐릿했고
노한 함성은 드높아졌다. 택시 안의 남자는 다 죽어 가는

말(馬)이었다. 지상에 어떤 성역도 존재하지 않는다면, 다른 곳에는 있는가?

나는 라이터를 던졌고 차에 불이 붙었다. 거대한 화염이 하늘로 치솟아 케이폭나무의 높은 가지들을 핥았다. 나무들 우듬지 위로 연기가 피어올랐다. 남자의 비명이 허공을 찢었다. 나는 신발에 토했고, 지노와 프랑시스가 내 등을 두드리며 칭찬하는 소리를 들었다. 아르망은 울었다. 모두 자리를 뜬 후에도 아르망은 여전히, 먼지 속에서 태아처럼 몸을 웅크리고 울었다. 검게 탄 잔해 앞에 우리만 남아 있었다. 주변은 조용했고 평온하다고 말해도 좋을 정도였다. 밑에서 강이 흘러갔다. 거의 밤이었다. 나는 아르망을 부축해 일으켰다. 우리는 집으로, 막다른 골목으로 돌아가야 했다. 떠나기 전, 나는 먼지와 재 속을 뒤졌다. 좀 전에 죽은 남자의 신분증을 주워 들었다. 내가 죽인 남자의.

30

로르에게

난 이제 기계 기술자가 되고 싶지 않아. 더 이상 아무 것도 고칠 것도, 구할 것도, 이해할 것도 없거든.

며칠 밤낮으로 부줌부라에는 눈이 내려.

비둘기들이 우윳빛 하늘을 날아 떠나가. 거리의 아이들은 소나무를 빨간색, 노란색, 초록색 망고로 장식해. 농부들은 언덕에서 평원으로 직선 활강 해서 철사와 대나무로 만든 썰매로 대로를 내달리지. 탕가니카호는 알비노 하마들이 젖은 배로 미끄럼을 타는 스케이트장이야.

며칠 밤낮으로 부줌부라에는 눈이 내려.

눈은 하늘색 초원의 양 떼야. 병영들은 텅 빈 병원이야. 감옥들은 석회가 뿌려진 학교야. 라디오에선 희귀한 새들의 노래가 나와. 사람들은 백기를 꺼내 들고 목화밭에서 눈싸움에 몰두하지. 웃음소리가 울려 퍼지며 산에서 설탕 눈사태를 일으켜.

며칠 밤낮으로 부줌부라에는 눈이 내려.

난 묘비에 등을 기대고, 알퐁스 삼촌과 파시피크 삼촌의 무덤에서 로잘리 증조할머니와 담배 한 대를 나눠 피워. 얼음 속 깊은 곳에서 삼촌들이 사랑할 시간이 모자랐던 연인들에게 사랑 시를 낭송하고, 전쟁에서 쓰러진 동료들에게 우정의 노래를 흥얼거리는 소리가 들려. 내 입에선 푸른 입김이 새어 나와 수많은 흰나비로 변하지.

며칠 밤낮으로 부줌부라에는 눈이 내려.

카바레의 술꾼들은 대낮에 도자기 술잔으로 따뜻한 우유를 마셔. 끝없이 펼쳐진 하늘에는 별들이 가득하고, 별들은 타임스 스퀘어의 조명처럼 빛나. 우리 부모님은 서리에 덮인 악어들이 끄는 썰매에 앉아 성찬식의 달 위를 날아가. 그들이 지나는 길에 아나가 구호용 쌀을 한 움큼씩 흩뿌려.

며칠 밤낮으로 부줌부라에는 눈이 내려. 이미 말했던가?

눈송이는 만물의 표면에 섬세하게 내려앉아 한없이

멀리까지 뒤덮고, 세상을 그 절대적인 새하얀색으로 적셔. 상아로 된 우리의 심장 속까지. 더 이상 천국도 지옥도 없어. 내일 개들은 짖지 않을 거야. 화산들은 잠을 잘거야. 사람들은 백지 표를 던질 거야. 웨딩드레스를 입은 우리의 유령들이 거리의 안개 속으로 사라질 거야. 우리는 불멸이 될 거야.

　며칠 밤낮으로 눈이 내려.

　부줌부라는 순백이야.

가비

31

부줌부라의 전쟁이 격화되었다. 피해자 수가 너무 막대한 나머지 부룬디 상황은 이제 국제 뉴스를 장식하게 되었다.

어느 날 아침, 아빠는 프랑시스네 집 앞 배수로에서 돌에 맞아 벌집처럼 된 프로테의 시신을 발견했다. 지노는 그가 그저 보이일 뿐이라며 내가 왜 우는지 이해하지 못했다. 군대가 카멩게를 공격했을 때 우리는 도나시앵의 자취를 영영 잃어버렸다. 그 역시 살해당했을까? 다른 많은 사람들처럼 그도 한 줄로 서서, 머리에 매트리스를 얹고 한 손에 보따리를 든 채 다른 손에 자식들을 데리고, 20세기 말인 지금, 아프리카의 도로와 작은 길을 따라 흐르는 인간의 물결 속 한낱 개미처럼 나라를 떴을까?

파리에서 파견된 공사가 프랑스 국적 거주민들을 위한 송환 비행기 두 대와 함께 부줌부라에 왔다. 학교는 어느 새 문을 닫았다. 아빠는 출국자 명단에 우리 둘의 이름을 올렸다. 저 멀리, 우리의 골목에서 비행기로 아홉 시간 떨어진 프랑스 어딘가에서 위탁 가정이 아나와 나를 기다렸다. 출발 전 나는 콤비로 돌아가 망원경을 찾아서 에코노모폴로스 아주머니에게 돌려드렸다. 작별 인사를 하던 순간, 그는 서재로 뛰어 들어가 어떤 책의 한 장을 찢었다. 시였다. 분명 적어 주고 싶었겠지만 시를 베껴 쓸 시간이 없었다. 나는 가야 했다. 그는 내게 그 시를 자기의 추억으로 간직해 달라고, 나중에 몇 년이 지나면 이해하게 될 거라고 말했다. 육중한 대문을 닫은 뒤에도 아낌없이 충고를 늘어놓는 그의 목소리가 뒤에서 계속 들렸다. 추위에 조심하렴, 네 비밀의 정원을 돌봐야 한다, 독서와 만남과 사랑으로 풍요로워지렴, 네가 어디서 왔는지 절대 잊어선 안 된다…….

한 장소를 떠날 때 우리는 사랑했던 사람들, 사물들, 장소들에 시간을 들여 작별 인사를 한다. 나는 나라에서 떠난 게 아니라 도망쳤다. 내 뒤로 문을 활짝 열어 놓은 채 돌아보지 않고 가버렸다. 부줌부라 공항 발코니에서 흔들리던 아빠의 작은 손만이 기억난다.

오래전부터 나는 평화로운 나라에, 도시마다 도서관이 너무 많아 아무도 눈여겨보지 않는 곳에 산다. 막다른 골목 같은 나라. 전쟁과 세상의 분노의 소리가 멀리서 도달하는 곳.

밤이면 내 어린 시절 거리의 향기가, 오후의 평온한 리듬이, 양철 지붕을 두드리는 마음 편해지는 빗소리가 돌아온다. 꿈을 꿀 때도 있다. 나는 루몽게 도로변에 있던 넓은 우리 집으로 돌아간다. 집은 조금도 변하지 않았다. 벽, 가구들, 화분들, 모두 그 자리에 있다. 그리고 사라진 나라가 나오는 그 밤의 꿈속에서, 나는 정원 공작들의 노래를 듣고 멀리서 기도 시간을 알리는 외침을 듣는다.

겨울이면 내가 사는 건물 아래쪽 광장의 잎이 진 밤나무를 슬프게 바라본다. 밤나무 대신, 우리 동네를 시원하게 해주던 망고나무들의 울창한 아치를 상상한다. 불면에 시달릴 때면 침대 밑에 숨겨 둔 작은 나무상자를 열어 보고, 그 안을 바라보노라면 추억의 향기들이 내게 밀려든다. 알퐁스 삼촌과 파시피크 삼촌의 사진, 아빠가 새해 첫날 찍어 준 나무에 오른 내 사진, 키비라 숲에서 잡은 검정과 하양으로 된 딱정벌레, 로르의 향기 나는 편지들, 아나와 함께 풀밭에서 주운 1993년 선거 투표용지들, 피 묻은 신분증······. 나는 엄마의 땋은 머리 한 타래를 손가락에 감고 내가 떠나던 날 에코노모풀로스 아주머니가 준 자크 루맹[44]의 시를 다시 읽는다. 〈우리가 어떤 나라 사람이라면, 우리가 거기서 났다면, 이를테면 거기서 태어난 그곳 태생이라면, 그렇다면 우리 눈 속에, 피부에, 손에 그 나라가 있네, 그 나무들의 머리칼이, 그 땅의 살이, 그 바위들의 뼈가, 그 강들의 피가, 그 하늘, 그 향취, 그곳 사람들이······.〉

나는 두 기슭 사이에서 흔들리고, 내 영혼은 그 병으로 앓는다. 과거의 삶과 나 사이에는 수천 킬로미터가 놓여 있다. 여행이 기나긴 것은 지리적 거리 때문이 아니라 흘러간 시간 때문이다. 나는 한 장소에 있었고 가족, 친구, 지인, 따스함에 둘러싸여 있었다. 그곳에 돌아왔지만 거기 살던 사람들, 거기에 생명을, 육체와 살을 부여했던 이들은 이제 없다. 추억들은 눈앞의 광경과 헛되이 겹친다. 내 나라에서 유배된 것 같았다. 과거의 흔적들을 되밟으며 나는 어린 시절로부터 유배되었음을 깨달았다. 그건 훨씬 가혹하게 여겨졌다.

44 아이티의 작가이자 정치인.

나는 막다른 골목에 돌아왔다. 20년이 지났다. 골목은 변했다. 동네의 큰 나무들은 베여 나갔다. 햇빛이 낮을 짓누른다. 다채로운 부겐빌레아 산울타리 대신 깨진 병 조각과 철조망이 위에 둘린 블록 담이 들어섰다. 막다른 골목은 이제 우중충한 먼지투성이 통로에 지나지 않고 주민들은 집에 틀어박힌 익명의 사람들이다. 아르망만이 여전히 거기, 막다른 골목 끝 가족이 살던 커다란 흰 벽돌집에 산다. 그의 어머니와 누나들은 캐나다에서 스웨덴까지 세계 각지로 흩어졌고, 벨기에도 그중 하나다. 왜 따라가지 않았느냐고 묻자 그는 특유의 유머를 담아 대답했다. 「각자 어울리는 수용소가 있지! 떠나는 자들에게는 정치 수용소, 남는 자들에게는 정신병자 수용소.」

　아르망은 기골이 장대해졌고 은행 중역이 되었다. 뱃살이 붙고 지위도 높아졌다. 내가 돌아온 날 밤 그는 나를 막다른 골목 카바레에 데려가겠다고 우긴다. 「인기 있는 장소들은 나중에 가자. 일단 네가 곧장 실제 나라에 녹아들었으면 좋겠어.」 작은 오두막은 여전히 거기 있고 그 앞의 말라붙은 봉황목도 그대로다. 달이 흙바닥에 그림자를 비춘다. 작은 꽃들이 밤바람에 부드럽게 흔들린다. 카바레는 수많은 수다쟁이들과 말 없는 이들을 맞이하고, 그 안에는 일상과 환멸이 가득하다. 예전과 똑같은 어둠 속에서 손님들은 마음속과 술병을 비운다. 나는 아르망 옆 맥주 상자에 앉는다. 그는 프랑시스가 복음주의 교회 목사가 되었다는 막연한 소식을 전한다. 쌍둥이와 지노는? 그들은 유럽 어딘가에 있지만, 굳이 찾지는 않는다. 나도 마찬가지였다. 무슨 소용인가?

그는 아나와 나의 프랑스 생활 이야기를 해달라고 조른다. 우리가 떠나고도 15년간 이어진 전쟁 동안 그가 무슨 일을 겪어야 했을지 상상하면 감히 불평할 수는 없다. 나는 다만 조금 난처해하며 동생은 다시는 부룬디 이야기를 듣고 싶어 하지 않는다고 털어놓을 뿐이다. 우리는 입을 다문다. 나는 담배에 불을 붙인다. 불빛이 잠시 선홍색으로 우리 얼굴을 비춘다. 세월이 흘렀고, 우리는 몇 가지 화제는 피한다. 이를테면 우리 아버지의 죽음. 우리가 떠나고 며칠 후 아버지는 부가라마의 도로에서 매복에 걸려들어 사망했다. 마찬가지로 그의 아버지의 암살과 그 이후 있었던 모든 일에 관해서도 말하지 않는다. 어떤 상처들은 치유되지 않는다.

카바레의 어둠 속에서 나는 과거로 여행하는 기분이다. 손님들은 과거와 같은 대화를 나누고, 같은 희망을 품고, 같은 횡설수설을 늘어놓는다. 그들은 앞으로 있을 선거, 평화 협정, 새로운 내전에 대한 두려움, 실연, 설탕과 연료 가격 상승에 관해 이야기한다. 단 하나 새로운 점은 이따금 휴대 전화 벨 소리가 울려 시대가 정말로 변했음을 일깨운다는 것이다. 아르망은 네 번째 맥주병을 딴다. 우리는 불그레한 달 아래서 웃고, 어린 시절의 장난들을, 행복했던 날들을 회상한다. 사라진 줄 알았던 영원한 부룬디를 나는 약간 되찾는다. 집에 돌아왔다는 포근한 기분이 나를 사로잡는다. 그 어둠 속에서 손님들의 속삭임에 묻혀 멀리서 들릴 듯 말 듯 한 가느다란 목소리가, 내 안에 스며드는, 어렴풋이 기억나는 소리가 들려온다. 술기운이 올라 그런 걸까? 나는 집중한다. 부르는 소리는 사라진다. 우리는 맥주병을 새로 딴다. 아르망이 내게 돌아온 이유를 묻는다. 나는 몇 달 전 생일에 받은 전화 이야기를 한다. 에코노모풀로스 아주머니의 부고를 알리는 전화였다. 그는 어느 가을날 오후 에게해 쪽을 향한 채 무릎에 소설책을 얹고 낮잠을 자던 중 숨을 거두었다. 기르던 난초들 꿈을 꾸었을까?

「그분이 여기 부줌부라에 내게 남긴 책 궤짝들을 가지러 온 거야.」

「그럼 책 무더기 때문에 돌아왔다는 거야?」 아르망은 웃음을 터뜨린다. 내 계획의 터무니없음이 처음으로 와닿아, 나도 웃음을 터뜨린다. 우리는 이야기를 계속한다. 그는 내가 떠난 뒤 일어난 쿠데타, 나라에 가해진 경제 제재, 오랜 전쟁의 세월, 신흥 부자들, 지역 폭력단들, 독립 언론들, 도시 절반의 고용을 맡은 비정부 기구들, 사방에서 흥하는 복음주의 교회들, 정계에서 거의 사라진 민족 갈등에 관해 말한다. 목소리가 다시금 내 귓전에서 웅얼거린다. 나는 아르망의 팔을 붙든다. 나는 말을 더듬는다. 「들리니……」 나는 입술을 깨문다. 아르망이 내 어깨에 손을 얹는다. 「가비, 어떻게 말해야 좋을지 몰랐어. 네가 직접 알게 되는 게 좋을 거라 생각했어. 몇 년 전부터 매일 밤 여기에 오셔……」 그 목소리, 무덤 저편에서 들려오는 듯한 목소리가 나를 뼛속까지 꿰뚫는다. 사라지지 않는 바닥의 얼룩 이야기를 속삭인다. 나는 그림자들을 밀치고 맥주 상자들에 걸려 비틀거리며 어둠 속을 더듬어 오두막 안쪽으로 다가간다. 모퉁이 바닥에 쭈그리고 앉아, 그는 빨대로 수제 술을 마시고 있다. 20년 만의 재회, 그 세월은 알아볼 수 없게 된 그 육체에 50년의 흔적을 남겼다. 나는 노부인에게 몸을 숙인다. 내가 얼굴 가까이 가져다 댄 라이터의 불빛으로 나를 빤히 쳐다보는 모양이 나를 알아보는 것 같다. 엄마는 무한한 다정함이 실린 몸짓으로 내 뺨에 살며시 손을 댄다.

「크리스티앙, 너니?」

내 삶을 어떻게 할지 나는 아직 모른다. 지금으로서는 여기 머물며 엄마를 돌보고 엄마가 나아지길 기다리고자 한다.

날이 밝았고 나는 글을 쓰고 싶다. 나는 이 이야기가 어떻게 끝날지 모른다. 하지만 모든 것이 어떻게 시작되었는지는 기억한다.

옮긴이의 말

우리가 아는 작은 나라

부룬디는 정말 작은 나라다. 아프리카 지도를 찾아보면 길게 뻗은 탕가니카호를 사이에 두고 콩고 민주 공화국과 탄자니아가 널찍하게 펼쳐져 있는 사이에 상대적으로 더욱 작아 보이는 나라, 부룬디와 르완다가 끼듯이 자리하고 있다. 대한민국 면적의 약 4분의 1이라고 하면 좀 더 직관적으로 와닿을지 모르겠다. 탕가니카호와 맞닿은 나라 서쪽 끝에 이 작품의 배경이자 옛 수도인(부룬디의 수도는 2019년에 기테가로 바뀌었다) 부줌부라가 있고, 국토 대부분이 언덕이 많은 고지대에 해당해 아프리카 하면 일반적으로 떠오르는 이미지와 달리 날씨가 그다지 심하게 덥지 않다(기록적인 열대야가 지속되었던 올해 여름에는 일교차가 커 밤이면 선선할 부룬디의 날씨를 검색해 보며 몹시 부러워했다).

이런 세계 지리 상식과 부룬디의 현대사를 얼룩지게 한 민족 갈등과 내전에 대한 배경지식을 바탕으로 하여 이 책을 처음 접하였기에 서지 정보와 간략한 저자 소개에서부터 내용을 예상할 수 있었고 대단한 흥미를 느꼈다……라고 말할 수 있다면 참 좋겠지만, 부끄럽게도 사실이 아니다. 앞서 언급한 정보를 하나하나 찾아보고, 백과사전의 한 면이나 여행 안내서에서 접했다면 금세 잊어버렸을 그 정보를 머릿속 장기 기억 보관소로 옮기고, 한동안 주변 사람들에게 이야기하고 다니게 된 것은 모두 이 책을 읽고 또 번역하면서부터다. 같은 민족 갈등을 겪었고 그것이 대학살, 체계적인 민족 말살이라는 비극으로 불거져 나왔던 르완다는 어린 시절 텔레비전 뉴스에 오르내리는 것을 귀동냥으로나마 들었기에 상대적으로 익숙했지만, 이웃한 나라이며 비극을 공유한 부룬디에 대해서는 거의 아는 바가 없었다.

하지만 2016년 출간된 이 책에 많은 사랑과 성원을 보낸 — 식민 지배로 고통받은 아프리카의 역사와 결코 무관하지 않은! — 프랑스 독자들의 리뷰에서조차 〈잘 알지 못했던 역사에 대해 알게 되었다〉라는 말이 종종 등장하는 것을 보면, 이 〈작은 나라〉에 관해 지금부터 갓 알아 간다고 해도 크게 부끄러워할 필요는 없을 것 같다. 열 살짜리 가비를 주인공으로 내세워 어린아이의 눈에 비친 이해할 수 없는 세상의 갈등과 반목을 누구나 이해할 수 있는 눈높이에서 차근차근 설명해 가는 작가의 서술 방식 역시, 자신이 사랑하는 작은 나라에 관해 잘 모르는 독자들에게 서운해하기보다 손을 잡고 이끌어 주는 듯하다.

사랑하는 가족, 친구들, 모든 것이 익숙하고 안전한 골목으로 이루어진 가비의 작은 세상은 이야기가 진행됨에 따라 넓어지며, 어린 시절의 걱정 없는 따스함과 포근함에서 끌려 나와 보고 싶지 않은 것을 보고 알고 싶지 않은 것을 알아야만 하는 가비와 함께 독자도 차차 심각해지는 서사에 빠져든다. 부모님의 다툼이나 달라지는 친구 관계 같은 어린아이다운 고민들은 날로 깊어지는 부룬디의 정치적, 민족적 갈등과 깊이 얽히면서 결국 가비에게 정체성이라는 쉽지 않은 질문을 스스로 던지게 하고 사랑하는 이들의 목숨이 걸린 선택들 앞에서 망설이게 한다.

한편 글에는 부룬디의 공용어인 키룬디어의 단어와 표현이 자주 쓰이는 동시에(부룬디의 문화와 언어를 단편적으로나마 알리고 싶었을 저자의 의도를 존중하여, 의미만 옮기기보다 가능한 한 원문을 살리고 주석을 다는 편을 택했다) 한국 독자에게도 친숙할 미국의 팝 스타, 국제적인 음료나 패션 브랜드 상표 등의 고유 명사도 그 못지않게 빈번히 등장하는데, 이는 읽는 이로 하여금 가비를 막연히 낯설고 먼 나라의 소년이 아닌 한 시대에 전 세계를 풍미했던 친숙한 문화적 경험을 공유하는 존재로 받아들이게 한다. 한낮에 길거리에서 린치를 목격하고 밤을 찢는 기관총 소리에 두려워하는 소년이 우리와 똑같이 — 어쩌면 우리와 같은 시대, 비슷한 나이에 — 특정 브랜드의 운동화를 동경하고 라디오에서 단골로 흘러나오던 감미로운 팝송을 즐겨 들었음을 깨달을 때, 그가 목격하고 경험하는 비극은 성큼 가까워진 공감대를 형성하며 우리 곁으로 다가온다.

내전과 학살이라는 무거운 주제를 다루면서도 이 책은 종종 웃음을 선사하고, 때로는 놀라운 서정성이 깃든 잔잔한 슬픔으로 눈물짓게 하며, 아주 평범한 일상적 언어처럼 지나갔던 말이 예언과도 같은 상징적 의미로 재등장하거나 작품 전체의 주제를 형성하는 꼼꼼한 씨줄과 날줄 역할을 하고 있었음을 깨닫게 되는 순간들이 있다. 가령 펜팔 친구 로르에게 편지를 쓰며 〈태어났을 때부터 정해져 있기에 스스로 결정할 수 없는 이름 대신, 내가 정한 애칭으로 불러 달라〉는 가비의 부탁은, 가비가 또 하나의 〈태어났을 때부터 정해진 것〉, 하지만 바꿀 수 없고 반드시 한쪽 편을 택해야 하는 것, 즉 민족이라는 정체성 앞에 섰을 때 묵직한 울림으로 되돌아온다. 힘세고 대담하며 조숙한 아이 프랑시스와 가비 무리가 동네 골목대장 자리를 놓고 벌인 대립은, 우리와 남을 나누는 선을 긋고 그 바깥을 배척하고 미워하는, 그야말로 모든 전쟁의 시초와도 같은 편 가르기에 친구들이 익숙해지기 시작한 순간으로 기억된다. 처음으로 치러진 축제 같은 선거를 기념하려 가비와 아나가 주워서 간직한 투표용지들은, 그 선거의 결과가 무참히 짓밟히고 내전이 격화되어 부룬디를 떠나야만 하게 되기 직전 가비가 로르에게 쓴 편지, 한 편의 시처럼 초현실적이고 아름다운 편지에서 상처투성이 부줌부라를 뒤덮는 새하얀 이미지의 일부가 된다.

여러 매체와의 인터뷰에서 저자 가엘 파유는 이 작품은 자전 소설이 아니며 가비가 겪은 일들이 전부 자신의 경험은 아니라고 분명히 선을 긋지만, 그러면서도 어느 정도는 자신의 삶을 바탕으로 하고 있음을 밝혔다. 가비와 마찬가지로 저자도 프랑스인 아버지와 르완다인 어머니 사이에서 태어났고, 13세에 부룬디를 떠나 프랑스 생활을 시작했다. 대학에서 재무를 전공하고 런던 금융계의 중심인 시티에서 직장 생활을 하다 그만둔 뒤 어릴 때부터 꿈이었던 글쓰기와 음악에 전념하는데, 2013년 발표한 첫 솔로 음반에 실린, 소설과 동명의 곡 「Petit pays」역시 떠나온 모국에 대한 사랑과 그리움을 표현한다. 가사의 한 대목처럼 〈작은 나라에 띄우는 엽서〉인 이 곡은 책과 잘 어울리는 배경 음악일 뿐 아니라 부드럽고 서정적인 기타 선율이 오랫동안 여운을 남기는 아름다운 곡이므로 관심 있으신 독자께서는 꼭 들어 보시길 권한다.

이 책의 번역에 열중해 있을 무렵 파리 올림픽이 열렸고, 늦은 시각 중계되는 개막식과 경기들을 지켜보면서 가비의 이야기를 통해 익숙해진 아프리카 국가들의 이름을 관심 있게 눈으로 좇고 경기 결과를 일부러 찾아보게 되었음을 깨달았다. 이웃집에서 빌린 책들이 가비의 시야와 세상을 넓혀 주고 현실의 고통을 잠시 잊을 수 있는 안식처가 되어 주었던 것처럼, 『나의 작은 나라』는 단편적인 영상이나 다큐멘터리로 접하는 것보다, 어쩌면 여행을 통해 접할 수 있을 것보다 더, 낯설게 여겨졌던 작은 나라 부룬디에 애정 어린 관심과 나아가 더 알고 싶다는 호기심을 품는 계기가 되었다. 어쩌면 그것이 문학이 지닌 힘, 멀리 떨어져 있는 이들이 세상 곳곳에서 사람들이 겪는 고통과 상처에 공감하게 하고 그 아픔을 조금이나마 위로할 수 있는 힘일지도 모르겠다. 부디 그 힘이 번역을 통해서도 온전히 전달되어 독자들께서 이 책을 읽기 전과 읽은 후 내면의 작은 달라짐을 느끼실 수 있기를 바란다.

2024년 11월

김희진

옮긴이 **김희진** 성균관대학교에서 불어불문학과 영어영문학을 전공했다. 동 대학원에서 「『이상한 나라의 앨리스』의 문학 텍스트 특수성의 번역에 관한 연구」로 석사 논문을 썼다. 출판, 기획, 번역 네트워크 〈사이에〉의 위원으로 활동하고 있다. 옮긴 책으로 저메이카 킨케이드의 『미스터 포터』, 『내 어머니의 자서전』, 다비드 포앙키노스의 『두 번째 아이』, 앙투안 볼로딘의 『찬란한 종착역』, 루이스 캐럴의 『이상한 나라의 앨리스』 등 다수가 있다.

나의 작은 나라

발행일 **2024년 11월 15일 초판 1쇄**

지은이 **가엘 파유**
옮긴이 **김희진**
발행인 **홍예빈**
발행처 **주식회사 열린책들**

경기도 파주시 문발로 253 파주출판도시
전화 **031-955-4000** 팩스 **031-955-4004**
홈페이지 **www.openbooks.co.kr** 이메일 **literature@openbooks.co.kr**